追跡者の血統

失踪人調査人・佐久間公④

大沢在昌

双葉文庫

追跡者の血統

失踪人調査人・佐久間公④

1

ほとんどを仕事のために棒に振った夏が終わってみると、間髪を入れずにひどく冷たい秋がやってきた。

秋は苦手だった。なぜだかは知らないが心身の機能すべてが低下するような気がする。仕事にも身が入らず、といって遊び呆《ほう》けようという闘志も湧《わ》かない。

今年の久し振りの猛暑は、若者の失踪人《しっそうにん》の数も増やした。暑い最中にあって、たまらずに海や山、プールに出かけた十代の男女が、人生の予定表に書きこまれていなかった出会いや事件に遭遇し、これも予定にない家出や〝駆けおち〟をすることになる。結果、早川法律事務所調査二課で、若者の失踪人調査を専門業務とする僕は、夏休みも週末も返上することになった。

だからといって、後ろ姿を眺める暇も与えず立ち去ってしまった夏を恨んでみても始まらない。猛暑と青少年の家出の相関関係に留意するのは、僕をのぞけば警察の少年課員ぐらいのものだろう。いや、果たして彼らだってそうしているかどうか、怪しいものだ。

ともあれ、十月の半ばに近い金曜日の晩に、麻布十番《あざぶじゅうばん》の外れにある喫茶店で腰をすえた僕は、決して人生を楽しむ気分ではなかった。喫茶店にいたのは、仕事ではお定まりの張り込みのためだが、その夜に関していえば、お定まりに少しは変化を与えるふたつの要素があった。

ひとつは、現在僕が追っかけている十六歳の少女を連れ戻せば、ほぼふた月ぶりの休みがとれるということ、もうひとつは、寂しくも退屈な張り込みにつきあってくれている、我が長年の友・沢辺《さわべ》だった。

沢辺は、早川法律事務所の所員ではない。それどころか、僕が知る限り、プレイボーイクラブをのぞく、いかなる組織にも属してはいない。身長が百八十五センチあって、横幅もそれにふさわしいだけ張り出している。知りあった十年前は、今よりもう少しほっそりしていたように思う。その頃は早稲田《わせだ》の理工で理論物理学をやっていた。卒業してからは、何もしていない。広尾《ひろお》にある広大なマンションに住み、女と酒とギャンブルとスポーツで、その限りない筈《はず》の時間をやりくりしている。遊びだけのために、一日を四十八時間あってくれと願う男だ。いかつい体には似合わないマスクと切れる頭脳を持っている。

彼が、何事によらず、本気になって熱くなるのを、僕はこれまでに数度しか見たこと

がない。最初にそういう状態になったのが、知りあった渋谷《しぶや》の玉突き屋『R』で十四時

間ぶっ通しのスリークッションの勝負をしたときだった。

西の方の超大物の御落胤《ごらくいん》だということだけわかっている。名前をいっても、一般大衆

が、あの人か、と頷《うなず》くような、そんな安手の〝大物〟ではない。たとえば地元出身の

閣僚クラスの代議士や、県警の本部長が、なにげなくその名を呟《つぶや》き、その後で慌てて

口をおさえたくなる、そういった大物だ。

沢辺がなぜそのまま理論物理学をつづけようとしなかったか、その理由もかつて聞い

たような気がする。詳しくは覚えていない。要は、年齢にありがちな、ちょっとしたつ

っぱりと、物心ついたときからつきあってきた自分の中にあるはぐれ者の習性だろう。

理屈を人生に持ちこむのが嫌いなのだ。理屈で、自分を型に押しこめるくらいなら、

理屈ぬきで、思うがままの人生を生きよう、そう決めたのだ。そして、たまたま、それ

が可能な環境に沢辺はいた。

従って気が向けば、驚くほどつきあいよく、僕の仕事に協力してくれた。十年以上、

二十年近く、東京とその周辺の盛り場で硬軟両方の道で遊びつづけてきた彼には、広い

顔と、遠くの出来事を聞き分ける耳、人の仮面の向こう側を見通す目があった。

これまで、沢辺のそういった部分にどれほど助けられたか、限りがなかった。そして、それに対し、一度として僕は礼の言葉を述べたこともなく、また求められたこともなかった。

その沢辺が小さく刻んだチーズケーキのひとかけらを口に放りこんで唸《うな》った。

「たるいぜ。乗りこんでいったら、どうなんだ?」

濃紺のだっぷりしたセーターをTシャツの上につけ、コーデュロイのパンツにブーツをはいている。セーターは、ひと目でわかるハンドメイドだ。それが、沢辺の呼び出しを待って、片ときも電話のそばを離れないような、憐《あわ》れな女の子からの貢ぎ物であることは明らかだ。

「こっちは警官じゃない。シカトされても文句もいえない。ぶん殴られても以下同文だ」

僕は肩をすくめて答えた。

「利口な奴のやる商売じゃねえな」

沢辺は首を振った。

「そのセーター、きっと電話機の前で編んだんだろうな」

「何の話だ」

「おぬしの毒牙《どくが》にかかった、憐れな女の子さ。遊ばれているとも知らないで、せっせと編んだのだろう」

「これはちがう。自分の女から貰《もら》ったセーターを着て歩くほど、俺《おれ》は悪趣味じゃない。それにだ、俺の周辺の女たちは、遊んでいるつもりで俺とつきあっちゃいても――」

沢辺がやんわりと抗議をしかけたときだった。喫茶店の向かいに建つマンションから、早足で男女が現われた。女は、ワンピースにポシェットをかけ、男は、ジーンズにカウチンセーターをつけている。

僕は沢辺に目配せした。沢辺が伝票をつかんだ。払いを彼に任せ、先に喫茶店を出る。

男女は、麻布十番の通りを六本木に向かって歩いていた。

後ろ姿を見ていても女の子の方が高校生であることははっきりわかる。男の方は二十二、三歳、確か半年前まで渋谷のディスコでウエイターをしていた筈《はず》だ。彼女は一年ほど前に、初めて、そのディスコに足を踏み入れている。中学時代の同級生に連れていかれたのだ。

その同級生は、幾度かの補導の末、通っていた私立高校を退学になった。補導の理由は、万引と恐喝、そして売春だった。前を行くウエイターとは、中学二年の頃から肉体関係があった、と僕にいった。

僕は、二人の後について芋洗《いもあらい》坂を登っていった。女の子の方が家を出たのが、二週間前、化粧の濃いことと、髪の毛を染めたことをなじられ、ひと月前にも家出をしている。そのときは、三日間の外泊ののちに帰宅した。どこにいたかは、両親に問い詰められても答えなかった。

二週間前、彼女が学校に出かけている間に両親が勉強机の中を調べた。カセットテープのケースの中に、未使用のコンドームが隠されていた。帰ってきた彼女を、証券会社に勤める父親が無言で殴りつけた。彼女は、その場で制服のまま、家を飛び出した。

一週間前、母親が、僕の勤める法律事務所を訪ねてきた。早川法律事務所は、日本最大の民間法律事務所で、所属する弁護士は、民事、刑事も併せて、十数名を数える。他に、司法書士、弁理士も抱え、ふたつの調査課を持っている。共に課長は、桜田門のOBで、一課は証拠収集、二課が失踪人調査を、主業務としている。

僕の事情聴取に母親は涙を浮かべて答えたが、やって来なかった父親の方は、娘をもう居ないと考える、と断言していた。

僕は母親に、お嬢さんの居場所を見つけ出す、そして連れ戻すことは、さほど難しいことではない、と告げた。ただし、三度目の家出を防ぐことはできない。四度目も五度目も同じだ。それを防ぐことができるのは、家族か親しい友人のどちらかであって、法律事務所の〝調査士〟ではない、といった。

母親は、鼻水をすすりながら、わかった、と答えた。

どうして、あの子がこんなことに、と僕に訊《たず》ねる。幾通りもの答え方はある。運が悪かった、ということもできる。あなた方がしっかりしていなかったからだ、と責めることもできる。友だちを選ばせなさい、という忠告は、遅きに失する。お嬢さんに心を開いていましたか、と訊ねることもできる。

だが大抵は、何も答えない。ただ、同情を装った目で見つめるだけだ。処女を失なおうと、髪を染めようと、あくまで経過にしか過ぎない娘もいる。時間とともに卒業し、結果はさほど悪くないところに落ちつくのだ。

だが場合によっては、どうにもならない深みにはまる娘もいる。むしろ、元々からの問題児ではない娘に多い。周辺の大人がめぐらす暗い魂胆を見ぬけないのだ。そういった少女たちは、どこかで引き揚げてやらぬ限り、永遠にぬけ出ることはできない。そしてまた、必ず心のどこかで救《たす》けを求めている。

調査にかかってみるまで、若者の失踪とはいえ、それがどちらのケースにあてはまるか、知ることはできない。前者の場合、僕はお節介で、いらざる世話を焼くピエロにしか過ぎない。罵《ののし》られ、唾《つば》をはきかけられる。そうした若者たちは、初めから深みにはまる危険はない。彼らは、結構、自分の足元に目を向ける余裕があるのだ。騒ぎたてた肉親を嗤《わら》い、それでもどこか、仕方ないとあきらめて帰ってゆく。肉親たちが考えるほど、若者は愚かではない。

後者の場合、そうはいかない。無気力になり、完全に自分と、自分が歩むべき道を見失なっている。明日から学校に行けといわれれば行くが、帰りに元の仲間に誘われれば、それきりだ。前者の家出少年少女は、心のどこかに家庭の価値、親の権威を認めている。だが、後者の若者たちにはそれがない。価値観の基準、善悪の判断を持たないのだ。〝悪いこと〟をしているという意識がない。こうして錨《いかり》が切れたボートのように、どんどん流されていく。

ヤバいと心の片隅では思いながらも、それに対して強い意見を唱えられると、主張することができない。第三者の救けを求めるのは、それゆえである。

カップルは、芋洗坂の中腹にあるビルに入っていった。三階に終夜営業の喫茶室がある。そこに昇る階段を上がった。

「またコーヒーか?」

うんざりしたように、沢辺がぼやいた。

「今度はすぐに終わる。車を下に持って来ておいた方がいいな」

僕はいった。

「わかるのか?」

「わかる。パターンだから」

何のパターンだ、とは訊《たず》ねなかった。頷いて、元の道を戻っていく。僕の車が車検に入っているというので運転手を買って出たのだ。終われば、ポケットビリヤードの勝負が待っている。

沢辺を見送ると、僕は階段を昇った。ビルは明るい新築で、一階にはウインドウだけに灯りを点したブティックが、三階から上には酒場が入っている。

喫茶室に入ると、入口に近いボックスにかけ、アイスコーヒーを頼んだ。もはやアイスコーヒーは季節の飲み物ではない。

二人は、奥のボックスに並んで、入口の方を見るようにしてすわっていた。灯りのもとでは、彼女の若さがますますはっきりする。

十六という実際の年齢より、むしろ若く見えるほどだ。

男の方は、顔色は悪いが背が高く、なかなかの男前だ。甘い顔つきで、アイドルタレントに似ているが、どこか暗い狡猾《こうかつ》な翳《かげ》がある。

喫茶室の中央に、箱型の電話ボックスがある。男は、不釣り合いに豪華な腕時計を覗《のぞ》いて立ちあがった。

女の子を残し、電話ボックスに入った。

硬貨を落とし、ダイヤルを回す。レジの横におかれた、喫茶室の着信用の電話が鳴った。受話器を取ったウエイターが叫んだ。

「山田《やまだ》さん、いらっしゃいますか？　山田さん――」

僕の斜め向かいにすわっていた四十がらみのスーツの男が立ち上がった。眼鏡をかけありきたりのサラリーマンといったいでたちだ。テーブルの上のコーヒーカップには手をつけた様子はない。

男はわずかに緊張した様子で、レジの電話を取った。耳を傾ける。

男の目が奥のボックスの、少女の方角に注がれた。

ありふれた、素人臭い手口だ。カウチンセーターの若者が、組織には属さず、小遣い稼ぎにやっていることがわかる。

店の外側で、特徴のあるフォンが短く二度なった。スタンバイしたという合図だ。

僕は煙草をくわえ、微笑した。メルセデス500SELに乗った調査員。

カウチンセーターがボックスを出た。そのまま、わき目もふらず店を出てゆく。

レジの電話を置いた男が、奥のボックスに歩みよった。女の子にふた言み言話しかけると、自分の分と併せて二枚の伝票を手にした。

僕は素早く立ち上がった。男より先に、料金を払い、表に出る。

沢辺がメルセデスを降りて立っていた。芋洗坂の下の方に目を向けている。

僕はその方角を目で追った。カウチンセーターの姿はない。六本木交差点の方角に向かったようだ。ゲームセンターかどこかで時間を潰《つぶ》す気なのだろう。

「どっちに行った？」

訊いてみた。

「え？」

沢辺が訊き返す。珍しいことだった。仕事でなくとも、目のやり場を心得ている男なのだ。

「カウチンセーターの奴《やつ》さ」

「すまない、気がつかなかった。ちょいと知りあいに似たのがいたんでな」

僕が出てきたビルを、顎《あご》で指した。

「なんだ、どこのホステスだ？」

「女じゃねえ、男さ」

話していると、少女とスーツの男が階段を降りてきた。

僕は彼らに向き直った。

「下居美紀子《しもいみきこ》さん？」

少女が立ちどまり、スーツの男が驚いたように僕を見た。

肯定はしなかった。化粧の濃い、しかもそれゆえでなく表情の乏しい顔を僕に向けた。

「下居美紀子さんでしょ」

少女は黙って頷《うなず》いた。

「君、何の用だ？」

迷っていたらしいスーツの男が、居丈高にいった。僕は彼に向き直った。明るい紺のスーツに、オレンジと青のタイ、決して金持ちには見えない。〝普通〟の男だ。

「彼女の年齢を御存知ですか？」

眼鏡の奥に狼狽《ろうばい》の色が走った。

「未成年者との――」

「待ってくれ、人ちがいじゃないのか？」

「人ちがい？」

僕はゆっくりいって、男の顔を見つめた。

「何なんだ。これはいったい……」

男は気弱く呟《つぶや》いた。

「僕は法律事務所の失踪人調査士で、彼女は家出中の高校生です。あなたは、それを御存知の上で、彼女と――」

「ちょ、ちょっと待ってくれ。私は関係ない、関係ないよ」

男はいって後退《あとずさ》りした。

「関係ないからね」

くるりと背を向けて、足早に歩き出す。少女はうつむいたまま、何もいわなかった。

「いいのか?」

沢辺が低い声で訊ねた。

「放っておこう」

僕はいって少女を見た。

「御両親に頼まれて、君を捜していたんだ」

「嘘《うそ》」

下居美紀子が小さくいった。

「嘘をいっても仕方がない、ほら」

僕はガードレールに腰かけ、ブルゾンの内側から出した身分証を見せた。マネキンの着るファーコートを照らす灯りが、文字を浮かびあがらせた。

美紀子は無言でそれを見つめた。

「いつまでも、こんなことをしているわけにはいかないだろう。ガタガタになっちゃうぜ」

美紀子は答えなかった。

「一度、帰ってみたら。心配はしてるけど、があがあはいわないさ」

「死んじまえばいいのに」

「前からそう思ってた?」

唇をかんだ。年齢にはあわない、濃いピンクだった。厚塗りのファンデーションが粉を吹いたようになっている。

ケニー・ロギンスのサウンドが大きく聞こえた。窓を全開にして、カーステレオを鳴らす阿呆《あほう》が芋洗坂を降りてきたのだ。

「ミキ！　ミキじゃねえか。何やってんだよ。そんなところでよ」

背中から声がかかり、振り向いた。黒塗りのRSターボの運転席から、カウチンセーターの若者が腕と首をのぞかせていた。どうやら交差点にでかけたのは、車を取りにいくためだったようだ。

「どうしたんだよ⁉」

何もいわない美紀子に男は畳みかけた。後ろについたタクシーがクラクションを鳴らし、男は振り返って怒鳴った。

「うるせえな、このタコ！　ちょっと待ってろよ」

沢辺が苦笑を含んだ目で僕を見た。

「どうする？　あいつにつきあってまた客を取らされるのかい？」

「何だよ、お前ら」

僕と沢辺を警官ではない、と見てとったのだろう。

タクシーがクラクションを鳴らした。

「わかったよ、待ってろよ」

RSターボを乱暴に二重駐車して、若者は降りたった。ガードレールを大きくまたぐ。

「お手並み拝見だな」

沢辺はにやつきながら囁《ささや》いた。

若者は精一杯つっぱっていた。僕と美紀子との間に割りこみ、胸をそらした。

「どうしたんだ、ミキ。何かされたのか……」

若者は、美紀子が黙っていると、僕に向き直った。

「ナンパもよう、相手見てしてくれよ。なあ、おい」

「ナンパじゃない」

僕はいった。

「何だよ、じゃあ」

若者の口調が低くなった。

「管理売春罪って知ってるか？」

顔色が変わった。身を翻して、ガードレールを飛びこえようとした。僕は、カウチンセーターのその背をつかまえた。アスファルトの上にひきずり倒す。

「何すんだよ」

通行人が数人、驚いて立ち止まった。

素早く、顎《あご》に膝蹴《ひざげ》りをくらわせた。一発で止《や》め、襟首をつかんでひきずり起こした。

「俺は何もしちゃいねえよ」

「騒ぐな！　本物の警官が来るぞ」

髪をつかんで囁いた。

「なんだって」

「こっちは、法律事務所の調査員だ。彼女の親に頼まれて、捜していたんだよ」

「じゃ――」

「このままポリボックスに行くか。マエがあるんだろ」

「何いってやがんだよ、俺は関係ねえ。ただの友だちだよ」

「笑わせるな」

「本当だ、なあミキ」

これを待っていたのだ。美紀子は張り手をくらったように顔を上げた。黙って男を見つめる。

「な、そうだよな、ミキよ」

今度は懇願するような口調になっていた。

「……うん」

「それ、見ろよ」

男は勝ち誇ったようにいって、僕の腕をふりほどいた。

「そうか、ただの友だちなら、彼女を家に連れ帰っても構わないな」

僕は男の目を見つめて静かにいった。

「そりゃ、ミキの……ミキが決めることだよ」

男は口ごもった。

「彼女は高校生なんだよ」

男は黙っていた。僕は彼女の肩をぽんと叩《たた》いた。

「よし行こう」

沢辺が無言でメルセデスのドアを開いた。それを見て、男が目を丸くした。

「あんたら、法律事務所の人間って——」

「そうだ。それが、お前に何か関係あるのか」

僕は男にいった。男は首を振った。おびえた表情になっていた。

美紀子は無言でリアシートに乗りこんだ。僕が隣にすべりこむ。

沢辺が運転席にすわって、ルームミラーから僕を見た。

「西品川だ」

軽く頷くとイグニションキイを回した。

振り返った。カウチンセーターの若い男の姿はなかった。RSターボも置き去りだった。六本木の雑踏の中に姿を消したのだ。

渋滞をくぐりぬけ、六本木を出ると、僕は腕時計をのぞいた。午後十一時を過ぎていた。街は、これから混み始める。

下居美紀子が低い声で泣き出した。


「やれやれ、だな」

沢辺が呟いた。美紀子を家に送り届け、母親に簡単な注意を与えた僕が戻ってきたときだった。

「いつも、ああかい」

「何回か、その目で見たろう」

僕は助手席にすべりこむと、サイドウインドウを全開にした。美紀子がつけていた化粧品の強い香りが車内に残っている。

「ああ。だがな」

ステアリングホイールに手をかけたまま、首を振った。

「何か御不満かい。何だったら、青少年の犯罪を未然に防止した功績で感謝状でも交付するよう、警視総監にかけあうが」

「ろくなもんじゃねえ」

沢辺は顔をしかめた。

「だったらさっさと車を出せよ。僕らがここで思案したって何も変わりはないんだ」

沢辺は頷いた。だが、どこか心にひっかかっているような素振りだった。


「俺あ、それほど世間知らずじゃねえ。五番、センター」

そういって、沢辺はキューを突き出した。

バックスピンのかかった白い手球は五番に当たると、いい位置まで後退した。五番球は、ストン、とセンターポケットに落ち、虚ろな音をたてて転がっていった。

「人はそれぞれだ、ということもわかってる。だ、け、ど、な」

突いた。手球に押された六番がツークッションしてサイドポケットに落ちる。

「あれは、いってみりゃ、家庭の恥部だぜ。覗《のぞ》く方も覗かれる方も、いい気分のものじゃない」

タップの先にチョークをこすりつけた。左手の小指、薬指、中指がぴんと張ったきれいなブリッジを作る。そこにキュー先を通した。

「たまには刺激的なこともある」

僕はやんわりといった。

沢辺は手球から視線を上げた。

「その結果、何回、死にかけた?」

「ほかに骨折や、歯を失くしたのは数えきれないだろう」

「二回」

「刺激さ。単なる刺激」

「馬鹿だよ、それじゃ。七番サイド」

しくじった。七番はコーナーの角にあたり、その場で独楽《こま》のように回転した。沢辺は舌打ちした。コーデュロイパンツの前にかけた小さなエプロンで手をぬぐう。

終夜営業のビリヤード場『R』はひどく混んでいた。どこかに居たいのだ。アパートでも自宅でもない。どこかに居たいから、若者たちはやってくる。さして美人ではない女を連れ、突き方を教えてやるプレイボーイ気取りもいる。厚め薄めもろくにわからず、ただ交代で突きあうからっ下手《べた》もいる。ひと目見て、地方から出てきたとわかる二人連れの若者が、気どってくわえ煙草をしている——だがこれは従業員の注意ですぐにやめさせられた。

広い店内の隅のソファでは、古ぼけたオーバーを着こんだ老人がうずくまるように眠っている。いつもいて、酒臭く、陽に焼け、よごれた身なりをしている。右手の指が何本か欠け、たまに突いていると、かつてはひどくうまかったことがわかる。今は駄目だ。握力が落ち、震える指先で撞点が一定しない。

有線がオールディズを流している。マービン・ゲイ、ダイアナ・ロス、エスター・フィリップス。マービン・ゲイは実の父に射殺されるとも知らず、ダイアナ・ロスは、シユープリームスを率いて、ごついカツラを被っていた。

モータウンの熱気が、ここでは、汗と煙草と小さな喚声の中で拡散する。

「俺はお人好しなんだよ」

僕が手球でこすっただけで、ポケットへと消えた七番を見ながら沢辺はいった。

「そうさ。ターザンはいつだってお人好しだ。ジャングルで生き抜く術を心得ている。いざ格闘となれば、猛獣の息の根を止めるまで戦うことはやめない。なのに、どうしてかお人好しなのさ」

僕は突きつづけた。最後の九番をワンクッションでセンターポケットに落とす。センターは倍得点、これで僕の勝ちだ。白球が、反対側のセンターポケットすれすれではね返り、静かにテーブル中央で動きを止めた。

「お前にいわれるようじゃ終わりだな」

沢辺がいい捨ててかがみこんだ。九つのボールをすくい、ラックする。

僕は手球を拾い、セットした。

ブレイク。重い球を打った。散ったボールのひとつがサイドポケットに落ちる。二番――得点にはならない。

「お気の毒」

沢辺がいった。一番は、手球から見ると、ふたつのボールの背後に隠れている。クッションを使っても、当てるだけに終わりそうだ。修行不足、ということか。

沢辺がマッセを決め、一番をサイドに落とした。つづいて三番を反対側のサイドに。

僕は得点を書いていった。

「お前が人助けしようと思ってやってるわけじゃないことは、わかってる。といって金だけなら、他にも道がある」

四番をセンターへ、うまく使って九番も落とした。拾い上げた九番をリセットする。おいしい得点だ。負ける、この勝負《ゲーム》は沢辺のものだ。どのみち、大差はつかない。十四時間ぶっ通しでやって。二ゲームか、三ゲームの開きだった。

「好きなんだ。あってる」

「名探偵の才能か」

五番、六番と七番をたてつづけに決める。

「君もその気になれば、僕につづく名探偵になれる」

「嫌だね──見ろ、おかしなことというからしくじっちまった」

八番と九番が団子になった。手球の位置は悪くない。

「殺しなら殺しばっかり、ヤクならヤクばっかり、というのならわかる。だが、毎度、あんなセコくてやりきれんホームドラマを見せられるのは御免だよ」

「なるほど」

僕はタップにチョークを塗って頷いた。

「だけど失踪人てのは、大抵、家庭の事情が絡んでる。殺人や麻薬がひっかかってくるのは、わずかな可能性さ」

思いきって突いた。ふたつの球がサイドにはたきこまれる。勢いで手球までがつきあった。欲張ったのが失敗の原因だ。

「ホームドラマが嫌なら、やれんというわけか」

「好きなわけじゃない。見ても、見ないんだ。見てるふりをしてね」

「すれたな」

なにげないひと言が胸に刺さった。そうだ。確かにすれた。だがすれなければ、僕はどうなったのだ。

かつてそんな男に会った。一匹狼のもめごと処理屋。ホテル住まいで、事件のないときは、日がなバーでとぐろを巻いている。カウンターの端にすわり、隣のストゥールには、いつもバーバリーのコートを置く。人を寄せつけないためだ。そこで両切りの煙草を吸い、ウォッカを仇《かたき》のように飲みつづけていた。

彼は一度、僕の命を救った。

失踪した少年を連れ帰ることで、自分の宝物を奪われたと思いこんだ女性が僕を撃った。彼女の心は、均衡を失い、奈落の方へすべりこんでいた。背中に弾丸を食らった僕は、救うものもないまま、一昼夜を彼女と過ごした。

激痛、出血、そしてとどめの一発が放たれようとしたとき、彼が僕を救った。今でもそのときのことを思うと、小さな笑窪《えくぼ》が残る背中がむずむずする。

死にたくないと思い、願った。

それまで沢辺が予言していた。いつか、駆けおちした男女をひき離した罪で、狭いアパートの台所で刺されて、血まみれになり命を落とす——笑っていた。

あの事件の後、沢辺はいわなくなった。

今は僕がいっている。次は君の番だ。ふられた女が腹いせに、君を殺《や》る——。

「どうした、飽きたのか」

沢辺が訊ねた。

「かもしれない。酒が飲みたくなった」

沢辺はにやりと笑った。

「トシなんだよ」

エプロンを外し、テーブルに投げた。ゴロワーズをテーブルからつかみあげ、火をつける。

「畜生」

さして感情のこもっていない言葉を、煙と共に吐き出した。

僕は沢辺を見た。ゆらりと巨体を動かして肩をすくめた。目は、グリーンのラシャをはったテーブルに向けられている。

「天に向かって唾《つば》するだな。自分でいって腹がたつ」

「帰るか？」

「帰る？　冗談じゃない。コウが帰りたいなら帰れ。俺は嫌だ。夜はまだ始まったばかりだぜ」

確かにそうだ。午前一時を回ったばかりだ。

「これからが佳境なんだ」

「いいさ。何をやらかす」

「久し振りにナンパといくか。こんな日がお誂《あつら》えかもしれん。上玉はとっくに釣られたあとだろうが」

「とにかく、何かをしよう」

僕はいった。

「自分の体が休みに順応していないんだ。何か悪さをして、そいつを教えこまなきゃならない」

それも歳のせいなのだろう。口にしたくはないが、そう思った。切り換えが面倒になってきた。仕事で捜す若者と、自分が遊びの対象にするものは別だ、と割り切れなくなってきている。早い話、初対面でベッドに入る女の子の年齢が気になって仕方がない。

六本木に戻った。

会員制のディスコに入る。二人とも会員ではない。だが沢辺は顔をきかせられる。金でメンバーを買うほど、イモじゃない——そういった。

すたったと思っていた。そうでもなかった。結構、いける線が多い。季節感のない服装と、国籍の不明な客層がいり乱れている。

実際、最近の六本木は外国人が増えた。それもドル安、円高でぴいぴいしているマリーンの類ではない。ビジネスマンか、大使館員か、金の張る服装《なり》をして、クレジットとキャッシュの双方で財布をふくらましている手合いだ。兵隊に比べれば、はるかに洗練された雰囲気と日本語のボキャブラリィを持っている。

「いけ線は全部、奴らにナンパされているな」

ステージに近いブースに陣どると、僕は沢辺に囁《ささや》いた。

「あぶれているのは、水商売とプロだけだ」

店では殺している自分の若さを、確認したい銀座ふうが数人、そして化粧と服装のタイプではっきり売春婦《プロ》とわかる女たちが、隅の席を占領している。

「まあ、見てろ」

沢辺はいうと、指を鳴らした。

「ジミー、ジミー!」

スティクスに合わせて、フロアで踊っていた白人が振り返った。ほっそりとしていて、白い麻のシャツにぴったりとした皮のパンツをはいている。金髪のサイドを刈り上げ、中央の部分を長く額に垂らしていた。

うっすらとアイシャドウを塗った瞳《ひとみ》が輝いた。

「サ・ワーベ!」
十八、九か。端整なマスクをしている。
白人の少年はフロアを駆け降りてきた。小猫のように沢辺の膝《ひざ》にじゃれつく。

「サ・ワーベ、寂しかったよ。久しぶりだもん、ボク、何回か電話した。サ・ワーベ、いなかった」

「わかった、わかった。おい、こら離れろよ」

沢辺は少年の体を離した。パコランパンの香りが漂った。

「こいつは、俺の友達でコウだ。佐久間《さくま》公」

ジミーは微笑して細い腕をのばした。僕の頰《ほお》をすっと撫《な》で上げる。〝女子大生〟が見たら地団駄を踏むほど、色っぽい流し目をくれた。

「よろしく、ミスターコウ。グッドフィーリングだよ」

「お前は、ジミーの眼鏡にかなったんだ」

沢辺のバルキーのセーターに金髪をこすりつけるジミーを見おろしながら、沢辺はおかしそうにいった。

「ジミー、俺たちは今、ここに来たばかりで、誰とも待ちあわせていないんだ。わかるだろ」

「オーケイ」

ぴょんと、少年は立ち上がった。

「グッガールね、ジョシダイセーオアモデル、どっちがいい？」

「どっちでもいい。楽しい子なら」

「マカセナサイ！」

ジミーは薄い胸をはった。フロアの踊りの列にとびこんでいく。その後を追うように、グリーンのレーザーが走った。

「奴は、コールボーイなのさ。男にでも女にでも売る。値は一晩二十万かな。副業がモデルだ。あと二年稼いだらパリに行ってヘアカットの勉強をするそうだ」

「君が最近、そちらにも御発展とは知らなかった」

僕はわざとらしく尻《しり》をもじもじさせていった。

「勘弁しろよ、そんなのじゃねえ。ちょいとわけありで手なずけてあるんだ」

五分と待たないうちに、ジミーが踊りの列をかき分けて現われた。両手を、二人の女の子の腰に回している。

一人はニットのミニのワンピース、もうひとりが濃いオレンジのブラウスに茶のスカートをはいている。どちらも背が高い。パンプスの踵《かかと》を差しひいても百六十二、三はある。

「サ・ワーベ、友だち連れてきたよ」

ジミーが片目をつぶって見せた。

ミニを指し、

「彼女がリッキー」

ブラウスとスカートを、

「ユウ」

と紹介する。

正確には、律子《りつこ》と裕美《ゆうみ》だった。二人は、同じ女子大の二年だといった。

「サ・ワーベ。最高のプレイボーイ、ナイスイブニング、ナイスモーニングね」

「嫌だ、ジミーったら」

律子が手慣れた感じでかえした。沢辺がニヤッと笑う。

「サ・ワーベ、リッチだけどジェントルマンだよ。楽しむといい」

「ありがとう、ジミー」

先に礼をいったのは娘たちの方だった。これには沢辺も僕も苦笑した。どうやら、どっちが釣り上げられたかわからないようだ。

緒戦でジャブの応酬がつづいた。どうやらふたりとも、シンデレラタイムを気にする必要はないようだった。そこそこ遊びなれ、頭も回る。高校時代からレッスンを積んできているのだ。

今ではこういうタイプの女の子があたり前になった。異性とのつきあいを親に知られ、問い詰められるのは〝ドジでダサい〟ことになる。うまく親の視線をかわして、進学か、社会に出てさえしまえば「不良」だの「非行」という言葉からは縁遠くなる。

彼女らは、下らない男にひっかかって売春を強要されるほど愚かでもなく、危険と知って麻薬に手を出すほど大胆でもない。そんな真似をしなくとも、人生にはいくらでも楽しむ要素があることを知っているのだ。

そういった意味では、賢い女子大生なのである。

ディスコで一時間ほど過ごすと、僕らは四人でそこを出た。沢辺の案内で、適度に暗く、上品で、とびきり高い、軽い食事を提供するナイトレストランへと向かった。彼女らは酒の飲み方も、軽いジョークの返し方も心得ていて、我々の知らないクラスメイトやクラブの先輩の話などで場をしらけさせることもなかった。わずかだけ背のびをして、それが僕や沢辺の目には「可愛い」と映ることも計算しているのだった。そして背のびをした分、興奮させられることを望んでいた。

それはゲームだった。沢辺も僕も、ゲームのルールは知りつくしていた。だから、二人の娘をメルセデスに乗せ、中央高速へと走らせた。

暗いうちにホテルにチェックインし、それぞれ暗黙の了解でできあがったカップルは、部屋の窓辺から、明けてゆく湖を眺めた。

僕と律子は、部屋のビールを飲みながら、黒から紺に、紺からブルーに、色を変えてゆく、空と湖の境い目を見つめていた。隣の部屋にいる、沢辺と裕美が何を飲んでいるか、あるいは飲んでいないかわからなかった。

魔法のようなものだった。演技でも自己演出でもなく、夜明けのその時間、二人は互いを愛《いと》しいと思っていた。

話しあい、飲み、抱きあった。

会話には、わずかばかりの虚栄心が溶けこんでいたが、嘘《うそ》つき呼ばわりされるほど大げさなものではなかった。そして、虚栄心をとりさった残りには、真実があった。ほんの数時間前に知りあったばかりにもかかわらず、我々は、自分を隠さず、素直な気持を表現しあった。ただそれは、両方から一度に見えるものについてだけだった。互いの知らない、短い時間では理解しようのない問題については、会話はさりげなく巧妙にそらされた。

二本のビールが空になり、それが溜まっていた酔いと疲れを表面に押し出した。湖面が正視できぬほど明るくなると、僕はブラインドをおろし、シャワールームに入った。

浴びている最中に、長い髪をクリップでまとめた律子が飛びこんできた。小麦色の肌にくっきりと残された白い水着の跡に、僕は嫉妬《しっと》とみじめさを感じた。一度も海へ出かけなかった夏は初めてだったのだ。

僕は自分の肉体を醜いと感じ、それを気どられぬよう律子の体を抱きよせた。輝きのあるグリーンレッドのシャドウをひいた目が、期待に瞠《みひら》かれていた。化粧も巧みで、それ以上に、きれいな娘だった。そのきれいさは、六本木では十人に一人を数えることができ、他の街では百人に一人になる。「合格点」の娘なのだ。一流のモデルにはなれないかもしれないが、そこらの二流タレントよりは、はるかにましだった。二人はジミーに感謝すべきだ、と僕は思った。相手に対し、失望せずにすむ魔法をかけてくれた。

シャワーの下で、二人はじゃれあい、抱きあった。濡《ぬ》れた体でバスルームを出ると、人工的な夜の部屋で、ゆっくりと楽しみの最高点へと向かった。

時間も規律も禁忌も、すべてない、その場だけ、その時間だけの幸福だった。

わずらわしい排卵日や避妊具についても気を使う必要はなかった。律子は自分が安全な女であることを、既に会話の中で表明していたのだ。

納得し、満足がいくまで互いを貪《むさぼ》りあった。それは一転して、獰猛《どうもう》な行為だった。撫《な》で、噛《か》み、さすり、つかみ、唇を使い、吸い、ついばんだ。爪《つめ》をたて、喘《あえ》ぎ、叫び、泣いた。

その時間が瞬く間に過ぎると、静かで優しい、静止が訪れた。

「素敵よ。愛してる」

律子は、うつぶせになった僕の肩に唇を押しつけて囁《ささや》いた。それについてとやかくいうのは野暮だった。さらさらとした髪が肌に心地よく、気持が柔らぐ香りを彼女は放っていた。

そうして僕らは眠りに落ちた。

目が覚めると太陽は、西に低く移動していた。再び四人になり、遅い朝食を摂《と》った。四人とも少し照れ臭く、そして疲れているようだった。

食事を終えると、僕らはホテルを出発した。彼女たちは、食事の最中から、時間を気にし、電話を捜していた。

暗くなる前に、六本木に帰りつき、そこで別れた。それだけだった。

「楽しかったわ」

二人は口々にいい、車を降りていった。

「またね」

とはいったが、電話番号も住所も、本名すら知らなかった。毎晩のように、あのディスコに現われているわけではないし、何といっても「良家の子女」という仮面は、彼女らの体からはがしようのないものなのだ。

「またな」

僕らはにこやかに手を振った。

二人きりになると、僕も沢辺も口をきく元気があまりなかった。沢辺は行きたいところがある、といい、僕は無言で頷《うなず》いてメルセデスを降りた。

律子と裕美とは、おそらく二度と会わないだろう。だから「またな」といった。沢辺とは、これから幾度でも、一生でも、顔を合わせる。

だから別れの言葉は口にしなかった。軽く手を振っただけだ。

四谷の部屋は、二カ月つづいた忙しさのためほとんど掃除されておらず、ひどく散らかり無残なありさまだった。

ちらばった洋服やレコード、本を押しのけ、ソファに腰をおろすと、僕は何をなすべきか考えた。おかしいほどに何も浮かばなかった。

ヨーロッパに留学した恋人・悠紀《ゆき》は、留学期間を半年から一年にのばすという手紙をよこしていた。ありきたりのピアノ教師になる筈《はず》の女の子に、予想もしなかった機会が訪れたのだ。

　僕は暗くなってゆく部屋で、その手紙をこれで何度目か読み返した。文章は、彼女の口調そのもので、文字を追うだけで、悠紀が語りかけてくるような気がした。そして、同じように、何度目か、彼女がつかんだ希望を祝福し、喜び、彼女の不在を寂しがり、それがこれ以上長びかぬことを願った。

　午後八時を過ぎると再び空腹になり、僕は表に出た。ハンバーガーとビールを買いこみ、開いていたレコード屋と本屋で、それぞれ買い物をした。レコードは、ジュリー・ロンドンと松任谷由実《まつとうやゆみ》で、前から欲しいと思っていたものだった。考古学の本は、ベッドサイドやビールの肴《さかな》にもってこいの眠気を提供してくれる。

　貸しビデオ屋は閉まっていた。明日の昼、まとめて映画のビデオを借りよう、と僕は思った。休暇は、あと五日残っていたが、何かをしようという気持はなかった。そういう自分をわずかに情なく思った。

　都会の孤独は、都会に家族がいない者にしかわからない。窓辺の、お気に入りのチェアにかけ、ビールのプルトップを引いて呟いた。

　ジュリー・ロンドンは暗すぎ、松任谷由実は、魔法が解けた今、あまりに寂しかった。それでも松任谷由実をかけた。自己憐憫《れんびん》が甘かった。その甘い気持を楽しめるだけ、歳をとってきていることは、とうの昔にわかっていた。

窓の下方では、タイヤが音をたて、クラクションが鳴り、人々がざわめき、笑いと、ときおり叫びも聞こえた。その人たちをうらやましいとは思わなかったが、自分の方をすぐれているとも感じなかった。

真夜中に達する前に、僕は酔っていた。缶ビールたったふた缶でだ。レコードは、一枚の両面と二枚目のA面を聴いただけだった。僕はベッドに入った。

最後の曲は『ファッシネイション、魅惑のワルツ』だった。

2

四回目の『イージーライダー』のオープニングシーンを見ているとき、ドアがノックされた。ステッペンウルフのサウンドには熱気があった。この時代のロックは皆そうだ。音がバラつき、場合によっては不協和音すら感じる。〝雑〟と表現すればいいのだろうか。だが、その熱気は、今のヘヴィメタルに比べれば、はるかにアツく、僕をのせてくれる。

録音技術の向上が原因なのだろうか。今のロックは僕にはクール過ぎる。サウンドのクライマックスに向けて、血がたぎらないのだ。十五年前には、確かにたぎった血が。

そう思いながらドアに歩み寄った。訪問販売員か集金人、そんな頭があった。朝からずっとテレビとデッキの前にすわりつづけていて、人と話す気分ではなかった。

三度目のノックが、錠を外す音で止んだ。

ドアを開けた。

ざっくりしたVネックのトレーナーにジーンズをはいた女が軽く息を弾ませて立っていた。かすかにハッカの匂いがした。

意志の強そうな顎《あご》と切れ長の瞳《ひとみ》を、兄と共有している。髪は短くカットされていて、ことさら長くのばしウェーブをかけなくとも、自分が充分に女であることを知っていると宣言していた。事実その通りだった。

彼女は、これまでに僕が知りあった女性の中では群をぬいて魅力的な娘だ。会うのはこれが二度目、一度目は四年前の大晦日だった。

「――久しぶりだね」

僕はいった。まず驚き、それから狼狽《ろうばい》した。僕はこの二日間、ヒゲを剃《そ》らず、髪もとかしていなかった。着ているものといえば、くたびれたコットンパンツに洗いざらしたトレーナーだ。

「あの……久しぶりです」

何かをいいかけ、織田羊子《おだようこ》は、ぱっと微笑《ほほえ》んだ。

「お邪魔じゃありませんでしたか？　こんな突然で」

「『イージーライダー』特別試写会をやっている。観客の入りが悪くて、ピーター・フォンダがぶつぶついっているところさ」

「え？」

僕は苦笑した。四年前二十《はたち》だった彼女が『イージーライダー』を知らなくても無理はない。

「映画の話さ、ビデオを見ていたんだ」

「まあ」

「どうしたの？」

いってから、彼女がただ通りがかったからといって、僕のアパートに立ち寄る身分ではないことを思い出した。四年前、彼女の書いたCMソングをめぐって殺人事件がおきた。直接は、彼女に関係のない殺人だった。シンガーソングライターとしての彼女は、その後ちゃくちゃくと人気を上昇させ、その翌年に出したデビューアルバム以来、六枚のLPをリリースしている。最新アルバムは、発売二週間でトップ20に入った。

「とりあえず、どうぞ」

僕は彼女を招じ入れた。沢辺は、自分のアキレスの踵《かかと》が、突然、友人の部屋をひとりで訪ねたと聞いたらどんな顔をするだろうか。

腹ちがいとはいえ、この才能豊かな妹を彼は無闇《むやみ》に可愛《かわい》がっている。といって、羊子は決してお嬢さんタイプではない。高校時代は暴走族にいたこともあると聞いていた。

「ひどくちらかっているよ。君の兄貴の部屋とは大ちがいだ」

彼女がソファにすわると、僕はいいわけがましくいった。

「あれは、お兄ちゃんが片づけているんじゃないわ。お兄ちゃんにこき使われている女の人たちよ」

四年間のブランクをまったく感じさせない話し方だった。決してなれなれしいというわけではない。彼女は、ごく自然に相手の内懐にとびこんでしまえる才能を持っていた。同じ才能を持つ兄貴は、それを専ら異性相手に活用しているが。

「何を飲む？　コーヒー、紅茶、麦茶？」

最後のを聞いて、羊子は笑い出した。

「冷たい、麦茶？」

「そう。一度も海に行けなかったので、夏が終わったことが実感できないんだ」

「わかる、その気持。じゃあ私も麦茶」

麦茶だけではない。ビールも生がまだ数ダース残っている。とりあえずそれは寝かせておくことにして、グラスに麦茶を注いだ。洗い物だけは、数年前のボーナスで買った自動食器洗い機が果たしてくれる。

自分は飲みかけのコーヒーカップを手にして、向かいにかけた。彼女がその間に、素早く、部屋の様子を観察していた。

「あら」

レコードケースに手をのばした。

彼女の最新アルバムが端をのぞかせている。

大きな笑顔を僕に向けた。

「ありがとう」

「『キュート』って歌がB面のラストにあるだろ。すごく好きなんだ」

大切なものはキュートなあなた、歳をとるだけ、心がキュートになるあなたが好きよ。夜更《ふ》けに、幾度も歌ってくれた。

「恥ずかしいけど、とても嬉《うれ》しい」

「ただのファンさ。兄貴の方とは腐れ縁だけど」

羊子の笑みが消えた。瞳が考え深げに、麦茶のグラスを見つめた。

「どうしたの、何か心配事でも?」

「お兄ちゃん」

「沢辺がどうかしたのかい」

「何か聞いてません?」

「おとといの夕方まで一緒だったけど?」

「何時頃ですか?」

「五時過ぎ、六時までには別れてた。六本木で」

「何かいってました?」

「どこか寄っていくところがあるって」

「そう、か……」

「行方《ゆくえ》不明なのかい?」

羊子は、ちょっと唇を尖《とが》らせて肩をすくめた。肩をすくめる仕草は兄貴にそっくりだった。

「煙草吸ってもいいかしら」

「どうぞ。でも歌手は喉《のど》に気を使うと思っていた」

僕は灰皿をさし出した。麦茶を注ぐときに素早く取り換えた、アダム&イブだ。ひとりで使うには気障《きざ》すぎる。そう思っていた品だった。

羊子は舌を出した。目元の笑みが、四年前よりはるかに女を感じさせる。

「禁煙してたの。破っちゃった」

封の開いたセーラムライトを小さなバッグから取り出した。喫茶店のマッチで火をつける。それが大人びた仕草にみえた。

「おとといの夜、待ち合わせていたんです。真夜中過ぎだけど。すっぽかされて。頭にきちゃった。今まで、そういうことない人だから、少し心配になって……」

「連絡は？」

「まるでなし」

だとしたら、少し変だ。沢辺は、どんな相手との約束でも無断で破る人間ではない。ましてや、相手が彼女となればなおさらだ。

「でも、たった二日だから、心配するのも変かしら。何しろ、あの人は鉄砲玉どころか、壊れたＩＣＢＭですものね」

「まあね、ただあいつらしくないな」

「でしょ。何度か、部屋の方に電話を入れたり、行ってみたのだけれど、車もないし、いないんです。それでちょっと心配になって……。コウさんに連絡してみようと思ったけれど、電話番号がわからなかったから、お部屋は前に兄貴と一度来ていたから覚えていたけれど」

「なるほど」

「でも、どきどきした。他の女の人がいたら悪いなって思って」

「実は押し入れに隠してある」

「えっどうしよう」

「次のアルバムをサイン入りでくれたら手を打とう」

「それじゃ悪いから、ピアノを持ってきてここで弾いちゃう」

「じゃあ兄貴を見つけて、あいつに運ばそう。沢辺ならグランドピアノをかついでここまで昇ってくるさ」

羊子は笑い出した。四年前の事件のとき、沢辺は、訪ねていった彼女の部屋で、暗闇の中から撃たれた。それでも自分の傷のことより、彼女の身を心配していた。

撃たれた体で、這《は》うようにしてこの部屋に昇ってきたとき、階段の踊り場にすわりこんだ姿を僕に見られ、

『安アパートの階段のおかげで息がきれた』

と、へらず口を叩《たた》いたものだ。

「兄貴、どこへ行くかいってました?」

「いや。そんなに変わった様子はなかった」

僕は思い出しながらいった。裕美が考えていたより気に入り、別れたと見せかけて、もう一度会ったのだろうか。だとしても羊子との約束をすっぽかす筈はない。

ばれているくせに、自分の乱れた女性関係を妹にだけは、滑稽《こっけい》なほど、とりつくろおうとするところがあるのだ。

「どうしたのかしら?」

「二晩あればどこからでも連絡はできる筈だね」

「ええ」

彼女は、自分が沢辺にとっての宝物であることを充分承知している。実際、このふたりは仲が良かった。兄弟のいない僕にはわからず、ただうらやましいとだけ思わせられる。

「でも大げさね。たった二晩で」

沢辺がつきあっている女たちの誰かがいえば、僕も頷いたろう。そうしなかったのは、二人の関係を知っていることと、彼女と共通の話題を持ちたいからの双方だった。さっきまでの、人を疎《うと》んじる気持は消えていた。

「よくここがわかったね、一度だけで」

「物覚えがいい方なんです。一度行ったところなら大抵、大丈夫みたい」

「兄貴にもいったセリフだけど、探偵の素質があるようだね」

「そういえば……ここに来るまで考えてみなかったけれどお仕事はまだお休みなんですか」

「僕が休みだったことをどうして？」

「兄貴から聞いたの。先おとついの昼、約束をしたとき、コウさんが早く休みに入れるよう協力してやるんだっていばってましたよ」

張り込みに入る前だ。あの日、夕方の四時に僕と沢辺はおちあった。

「何でも話してるんだな、君には」

「ええ。女の子のこと以外はね」

羊子は頷いてみせた。

「休みはまだ三日あるんだ。することがなくて、忙しいときは、ただぼうっとしているのだけが望みだったけれど、いざそうなると飽きるね。我ながら不器用だと思うよ」

「デートは？」

僕は微笑して首を振った。

「じゃあ、私としましょうか⁉」

「君の方こそ仕事はいいの？」

「今日いっぱいオフなんです。おとつい兄貴に会う約束をしていたのも、今日一緒に神戸に帰ろうかって相談をするため」

「沢辺から君をとりあげたら奴に恨まれるな」

「私から誘ったんだもん、大丈夫」

「決まった」

僕は立ち上がった。羊子の笑顔は、高電圧のスパークのように、華やかにぱっと閃《ひらめ》く。

その明るさ屈託のなさは、悠紀の笑いと似ていた。だが、悠紀はここにはいない。永久に戻ってこないかもしれない。

そのときはそのときだ。今この瞬間、悩むことで解決される問題ではない、と自分にいい聞かせた。

「着換えをするから、その間にもう一度連絡をしてみたら?」

「はい」

隣の寝室に入った。ドアを閉めると、ダイヤルの音が聞こえなくなった。知りあって以来、初めて、沢辺と連絡がつかないことを願った。わずかな後ろめたさと、一瞬の希望があった。

ヒゲを剃り、髪にドライヤーをかけた。チャコールグレイのスラックスにマグナスアーガイルのセーターを着ると、アイビーリーグの学生友愛会幹部になったような気がした。

それでいい。今日は品行方正にいくのだ。鏡に頷いて、寝室を出た。

羊子は、電話のそばに立っていた。

「どう?」

「素敵」

僕はふき出した。

「そうじゃない。沢辺はつかまった？」

首を振った。

「ＩＣＢＭは放っときましょ。見つかったら、うんと高いもの奢《おご》らせてやるから」

羊子はいって腕をさしだした。一瞬、躊躇《ちゅうちょ》し、それをとった。反対側の手でキイホルダーを羊子はかかげた。

「運転手は？」

「僕だ」

羊子が乗っているのは、ワーゲンゴルフのニューモデルだった。車体は大きくないが、足回りが強く、乗りでのある車だ。その車を駆って、映画館へ出かけた。

「ずっと映画を見ていたのに、また見るの」

「遊園地の方がよければ、そっちにしよう」

僕をにらんだ。

「探偵としての勇気の補給源なんだ」

いいわけをした。羊子は笑い出した。

「いいわ。私も見たい映画があったから」

〝ロックンロールの寓話〟とキャプションがついた映画だった。女性ロッカーが誘拐され、流れ者が救出に向かう。単純。明快。そして音楽がよかった。

映画館を出ると赤坂にあるレストランに向かった。入口は、ビルの裏口が並ぶ何の変哲もない路地にあり、すすけた階段を降りていくと、バーカウンターを備えた静かなフロアに出る。トリオが入っているが、マイクやアンプは使わず、よけいな挨拶《あいさつ》もいっさいしない。ウエイターは礼儀正しく親切で、客もまたそれを尊重している。どこといって気どりのない店だが、大声で喋《しゃべ》ったり、酔い潰《つぶ》れることが憚《はばか》られる雰囲気がある。メニューは親切でバラエティに富み、味は、その倍の値段をとる店にも決してひけをとらない。そして何よりも、ウォッカマティニのオンザロックをここよりうまく作る店を僕は知らない。

そのウォッカマティニを食前に一杯ずつ飲んだ。

料理が順番に、それでいて間をおかず運ばれてくる。

「コウさんの話を聞かせて」

エスカルゴにフォークを刺しながら、羊子がいった。

「僕の何を?」

「どうして探偵になったの」

「スカウトされた。僕に才能があると見込んだ人がいた」

指先についたガーリックソースをぺろりとなめ、羊子は僕を見た。

「元警官で、僕がいる調査二課の課長をやっている人だよ」

「どこで知りあって？」

「父親の友人だった」

「お父さん？」

僕は頷いた。

「お母さんは？」

「八年前に死んだけれどね」

「こっちはもっと早かった。僕が十五のとき」

「じゃあ、ひとり？　今は」

「そう。兄弟もいない」

口をつぐんで僕を見つめた。

「他に？」

「恋人は？」

「嘘をつきたいけど、つかない。結構長くつきあっている娘がいる。今はヨーロッパ。

一年近く会っていない」

羊子は一瞬、眉をひそめた。だが何もいわなかった。

肉が運ばれてきた。我々はしばらく無言で食事をした。

「結婚はしないの？」

やがて羊子は訊《き》いた。

「自信がない。家庭をあまり知らないから、上手に作れるという確信が得られるまでしないでおこうと思ってる。そのうち、ひとり暮らしになれすぎて、できなくなるかもしれないけれど」

「遊ぶのは好き?」

「何を楽しみに生きるんだい。もし遊ばなかったら」

「初めから探偵になろうと思っていた?」

「学生時代は一度も考えなかった。ただ遊んでいた。卒業したら小さくてもいいから商社に勤めようと思っていた」

それが父親の会社だったことは黙っていた。

「どうしてやめたの」

「大学を卒業しなかった」

それだけではない。入ろうと思っていた会社そのものもなくなってしまったのだ。

「迷ったり、後悔することってないの」

「ある。認めたくないと思うから、自分の中で殺してしまう」

「苦しくないの?」

「そういうときは、酒と音楽にひたる。そう、二週間に一度ぐらい。それより回数を増えると、ある日、朝から酒壜《びん》に手をのばしている自分に気がつく、って話だ」

羊子は微笑んだ。

「強いわけじゃなくて、強くしてるのね」

考えていた。口に出すのが怖い気もした。

「この前、君の兄貴に会ったときいわれた。すれたって。普通、人が他人に見せたがらないもの、見たがらないものを、ずっと扱ってきた。だからすれたんだろうって。正直な話、少しこたえた。おそらく、あたっていると思ったからだろうね」

「お兄ちゃんらしくないわ」

「いいんだ。責めているわけじゃない」

「私の歌、本当に好き?」

「好きだ。えー、曲によってはついていけないと思うのもあるけど」

「正直でよろしい。兄貴は聴こうとしないの」

僕は笑った。

「照れてるんだ。兄貴というよりは、半分父親のように君を見ている」

「父親が、人間離れした人なのね。それに、私も兄貴も遅くできた子だから、どう接していいかわからないみたい。そこのところが嫌でつっぱった時期もあったけど」

「優秀な成績で卒業したと聞いたよ」

「意地悪」

微笑んだ。立て板に水というわけではない。だが、考え、正直に話してくれている。

「兄貴のことだけど」

話しづらそうにいった。

「なんでも聞こう」

「お兄ちゃん、ずっとああなのかな」

「物理学者にかわる夢を見つけられるまではね」

「それでいいと思う？」

「自分の生き方を持ってる。それで充分だ」

男同士が真剣に話すことは、一生に何度とないだろう。普段は、へらず口を叩《たた》きあい、ギャンブルやスポーツ、酒に、時間をゆだねる。相手が必要とするなら、自分にできるすべてを投げ出せばいい。そう思っている。沢辺も同じ考えの筈《はず》だ。

「そうね」

あっさりと頷いた。

レストランを出る前に、羊子はもう一度、自宅と沢辺の部屋に電話をかけた。結果は同じだった。

僕と羊子は、合意のもとに道交法違反を重ねるべく、新宿へと向かった。

そこは、小さなライブハウスだった。羊子がシンガーソングライターになろうと神戸から上京し、初めてステージを踏んだ店だという。

簡素だが、清潔な内装で、気のおけない仲間の溜《たま》り場という雰囲気だった。

羊子のボトルが空になると、自分もベースを弾くというマスターは、羊子が歌うことを条件に新たなボトルを出す、といった。

「お安い御用」

羊子は明るくいって、席を立った。ピアノは小さなステージの上手《かみて》にあり、ちょうど残された僕から正面に見える位置だった。

羊子がピアノにつくと、店内のお喋りが途絶えた。客はすべて、彼女のことを知っているようだった。認められ、期待をされていた。

彼女は四曲ほどを弾き語りで歌った。話すときとはちがう、少し乾いた、それでいて深みのある歌声だった。四曲の中に『キュート』も入っていた。一曲は、彼女ではなく別のシンガーのものだった。

拍手を浴び、戻ってくる羊子を、僕は面はゆい気持で迎えた。客の大半が、好奇心のこもった視線を僕に向けていたのだ。

彼女がステージを降りると、軽い女性ボーカルのレコードがかかった。

「プロはただじゃ歌わないと思ってた」

「人によるの。私はすぐ歌っちゃうの。軽いアルコールは、むしろ声帯を充血させるから、飲んでいないときよりツヤが出るのよ」

「選曲も抜群だった。好きな曲ばかりだ」

「『キュート』をお好みの殿方の趣味はよくわかるの」

「どうして？」

「私もお好みだから」

時間は瞬くまに過ぎた。僕は、翌日は打ち合わせがあるという彼女を、三軒茶屋《さんげんじゃや》のマンションまで送っていった。

初めは、彼女が自分で運転して帰るといった。だが僕がそうはさせなかった。

「僕と飲んだ帰りに事故をおこしてごらん、僕は沢辺に殴り殺される。正直な話、あのケダモノとまともにやりあって勝ち目があると思えない」

羊子はくすっと笑った。頰が赤らみ、目が輝いていた。

「お兄ちゃんも昔、同じようなことをいってたわ。あいつはやらないけど、やるとすごそうだって」

「そう思わせておいてくれよ。今日のことがばれるとヤバい」

「じゃあ、またデートしてくれる？」

嬉しかった。一日きりの幸運だと思っていたのだ。

「無料調査をひきうけよう。君の兄貴が行方不明になったら」

「約束」

握手をかわした。力強く。さっぱりとした握手だった。手を離さず、ひきよせたい衝動をこらえた。さもないと、本当に一日きりの幸運になってしまう。

別れを告げ、タクシーに乗った。乗ってから、反省した。

羊子に恋人のことを訊けなかった。探偵失格なのではないだろうか、と。

翌日の晩、羊子から電話が入った。羊子は緊張していた。

「お兄ちゃん、まだ帰った様子がないんです。あれきりずっと……」

「今どこに？」

「お兄ちゃんの部屋です」

沢辺と羊子の兄妹は、互いの部屋の鍵《かぎ》を持っている。滅多に使うことはないらしいが、それも仲の良さを表わすものだった。

沢辺は僕に対しても、あれきり連絡をよこしていなかった。休暇中に、彼の部屋があるマリーナでヨットに乗るか、ゴルフをする約束をしていたのだ。

確かにおかしい。だが、たいていのトラブルは自分で処理できる男なのだ。

「実家には？」

「電話してみましたけれど、連絡はないって……」

「わかった。これから行くよ」

いって電話を切った。車は車検から戻ってきていた。

ポロシャツにスイングトップをひっかけて部屋を出た。たいていのトラブルをひとりでこなすとはいえ、もし関わるとすれば半端なトラブルですまぬ可能性もある。何かあれば、彼が真っ先に連絡をよこすのは僕の筈だった。この数日間、部屋を離れたのは、羊子と出かけた間だけだったし、留守番電話も僕の部屋にはある。それは、羊子の部屋も同様だった。

たった一本の電話すら入れられぬようなトラブルに巻きこまれているとすれば、それはこと沢辺に関する限り、本物のトラブルなのだ。

四谷を出、広尾に向かって車を走らせた。沢辺のマンションは有栖川宮《ありすがわのみや》記念公園を見おろす位置にある、高級分譲マンションだった。彼自身の持物で、売れば億という値段がつく。

車を地下にある駐車場の来客用スペースにとめた。反射的に見た沢辺の持つスペースは、空っぽのままだ。

エレベーターで八階まで昇った。角部屋の3LDKが沢辺の部屋だった。

インターホンを押すと、羊子がドアを開けた。明るい笑顔はなかった。グレイの毛糸のワンピースを着ている。

僕は靴を脱がずに部屋に上がった。そういう仕組みの部屋だった。厚いカーペットをしきつめたフロアには、いたるところにポトスなどの観葉植物がおかれ、値のはる皮のソファやJBLのオーディオセットがある。

ブラインドを上げた窓から、公園の黒々とした梢が見えた。

僕は部屋の中を見回した。きちんと片づいている。よごれものといえば、吸い殻が数本入った灰皿だけだ。中には、羊子の吸ったものと覚しいセーラムとゴロワーズしかない。

一応訊《たず》ねた。

「このセーラムは？」

「私が吸ったの」

羊子はすぐに答えた。

キッチンは、リビングルームの壁を回りこんだところにあった。流しには使ったコーヒーカップが一箇おかれているだけだ。

沢辺は僕とちがい、ほとんど自炊はしない。食事はほとんど外食か、女の子に作らせている筈《はず》だ。

冷蔵庫をのぞいた。最近、女の子が料理を作りに来ていれば材料の残りでわかる。

それらしいものはない。ビールとシャンペン、ドライベルモットがよく冷えていた。

寝室や、倉庫がわりに使っている和室も見た。和室には、ゴルフバッグやテニスラケット、ウインドサーフィンなどのスポーツ具が山と積まれている。その中から無いものを捜したが、僕の知る限り、すべての品がそろっていた。

ベッドは、わずかに乱れていた。シーツの上にカバーをかけたという感じだ。

リビングルームに戻った。羊子は不安そうに煙草を吸っていた。

サイドテーブルに電話機があり、留守番電話がセットされている。仕事であればためらいはしなかったろう。僕は無言で、羊子と電話機を見比べた。

「お兄ちゃん、何か悪いことがあったんじゃないかしら。何か変な予感がするんです。私のってあたるから……」

羊子がぽつりといった。僕の視線の意味には気づいていないようだ。

「留守番電話だけど聞いてみた？」

羊子は首を振った。僕らは一瞬見つめあった。羊子の目にも逡巡《しゅんじゅん》があった。

「いいわ。叱《しか》られるなら私が叱られる。コウさんに連絡したの私だもん」

羊子が決心したようにいった。

「怒るような奴じゃない。ないけどね……」

羊子は微笑《ほほえ》んだ。

「聞きましょ。聞いて、取り越し苦労ですむのだったら、その方がいいわ」

「わかった、そうしよう」

僕は再生スイッチを押した。

録音は五本されている。最初が男の声で、麻雀の誘いだった。夕方までに帰ったら、連絡をくれ、と僕の知らない名の男は電話を切った。

二番目は女の子で、六本木で飲んでいるから出てこないか、という誘いだった。

〝二時頃までなら、『フライング』にいるわ〞女は告げて切っている。

三番目が羊子だ。羊子はすっぽかされたのが口惜しかったらしく、怒りが口調に滲《にじ》んでいた。僕が羊子を見ると、彼女は力ない笑顔を返した。

四番目が流れ出した。

〝あたしです、裕美。まだ覚えてくれてますか。きのうはとても楽しかった。また会いたいわ。お留守のところをみると、プレイボーイは、また獲物を漁《あさ》りに出かけたのね。とにかく楽しい時間をありがとう。気が向いたら、また電話します〞

沢辺はあのあと裕美と会ったわけではないのだ。この電話が証明している。

五番目がつづいた。

〝どうしたんですか。怒ってますよ。あなたが約束をすっぽかすなんて。久しぶりに誘ってくれたから、美容院にも行ったし、おニューのワンピースも着てきたのに。これを聞いたら、とりあえずいい訳の電話をしなさい。いいですね。怒れるミチヨより〞

「お兄ちゃん、私以外の人もすっぽかしたんだわ」

羊子がいった。

「確かにその通りだ。おかしいな」

「どうしちゃったんだろう、まさか事故か何かにあって——」

「そうだとしたら、すぐ君か僕のところに連絡があるさ」

「でももし死んじゃってたら……」

羊子はこわばった顔で訊き返した。

「そんなことはまずないし、あったとしてもやっぱり連絡がある筈さ。持ちものを調べればわかることだから」

「ええ」

羊子は黙った。僕は二人を隔てたセンターテーブルに積まれた新聞の束をとりあげた。

「これは君が?」

「ええ。コウさんの家にうかがう前に来て、取ったのと、今日取ったのの両方です」

日付を調べた。金曜の夕刊から、土、日、そして月曜の今日の分まで揃《そろ》っていた。あれ以来、一度も部屋に帰っていないことをあらわしている。

ただ部屋をあけるぐらいならば、そんなことはザラにある。それが四晩つづいたとしても変ではない。しかし、羊子や他の女の子をすっぽかして、となると普通ではない。

そんな真似は絶対にしない男なのだ。

「何があったんだろう……」

羊子が不安げに呟《つぶや》いた。僕は煙草に火をつけた。最後に会ったときの沢辺を思い返した。

張り込みと尾行、そして少女を家に帰したあと『R』でビリヤードをした。それからディスコに行き、食事をして——変わったところは何ひとつなかった。〃蒸発〃しそうな理由は思いあたらない。

「ごめんなさい、うっかりして、コウさん何か飲みます?」

羊子が腰を浮かした。

「いや、今はいいよ」

僕は断わっていった。

「会う約束は、電話でしたんだね」

羊子は頷いた。

「そのとき変わった様子は?」

「別に、何も。あいかわらずぶっきら棒で、『おい、飯でも食おうか』って」

「待ち合わせは何時に、どこで?」

「零時半に、『オンドール』で」

『オンドール』は僕も行くジャズスポットだ。沢辺の顔がきく。場所をちがえることはないし、もし遅れそうになったり、来れなくとも、羊子を知る従業員に伝言をすればすむことだ。

沢辺は、僕と別れたあと部屋には帰らず、どこかに行ったのだ。誰かに会うためだろうか。

僕は沢辺の言葉を思い出した。

「行きたいところがある。そういってた。土曜の夕方、別れたときに。きっと君に会う前に行ってみるつもりだったんだ、どこだろう?」

「私には、コウさんと会ったあと『オンドール』へくるって。私が夜中過ぎにならないと体が空かない、っていったら、『いいよ、それじゃあコウにつきあわせるか、一度部屋に戻ってるから』って」

「それはいつの話?」

「金曜の昼。お兄ちゃんがコウさんと会うちょっと前くらい」

「何時頃?」

「二時過ぎ、三時くらいかな」

僕が沢辺に会ったのは四時、一時間のあいだに生じた理由で行く場所だったのか、それとも――。

「お兄ちゃんがどんな人だか、私も知ってるつもりです。だから考えれば、考えるほど変なんです。ときどきムチャなことをするけれど、たいてい、ムチャがムチャじゃなくなっちゃう人でしょ、だから……」

僕は時計を覗《のぞ》いた。午後八時を回っていた。

ただ連絡がないだけで、トラブルに巻きこまれたという確証は何もない。しかし妙な不安が、胸の裡《うち》で生まれていた。

僕は羊子と見つめあった。彼女の瞠《みひら》いた目から、彼女の脅《おび》えがうかがえた。

これが失踪《しっそう》だとしても、決して沢辺の自発的な意志によるものでないことは確かだ。もしそうならば、彼は必ず、事情は話さないまでも、連絡を入れてくる筈だ。

僕は立ち上がった。

「羊子さんは、心当たりのあるところへ電話を入れてみてくれないか。僕は、僕の知る限りの場所をあたってみる」

飲み屋、雀荘、ビリヤード場、沢辺の縄張りは大きい。ひと晩では回りきれない程だ。

「私も行った方が……」

僕は首を振った。

「君には中継ステーションになってもらいたいんだ。ここに居て、かかってくる電話に応対して欲しい。留守番電話だと、何もいわずに切ってしまう人間もいる。それから、預金通帳と住所録を捜しておいてくれないかな」

「住所録はわかるけれど、通帳はどうして？」

「動き回るには金が要る。クレジットカードもあるだろうけど、土曜、日曜と銀行が開いてなかったから、キャッシュカードでお金をおろしているかもしれない。金曜日、僕らは結構、散財したからね。もしおろしていれば、どこでおろしたかわかるし、少なくとも動き回っていることが確かめられる」

　羊子は弱々しく微笑んだ。

「さすがプロね」

「ずいぶん、奴の手を借りたものだけどね。それじゃあとで連絡するから」

　羊子はこっくりと頷いた。僕は笑み返していった。

「大丈夫、あいつは元気さ。それこそ叩いたって、どうにかなるような奴じゃないよ」


　街へ出た。難しいのは水商売の店だった。相手がこちらを知らないと、はたして沢辺が最近姿を見せたかどうか、容易には教えてくれないのだ。それが水商売のルールだからである。

『R』は除外できる。僕という相手がいない限り、沢辺は脚を向けない。

　広尾から最も近い六本木へと向かう。僕は車を走らせながら、金曜のことを幾度も反《はん》芻《すう》していた。

僕が沢辺の協力を得て、連れ帰った娘、下居美紀子とつながっている可能性はあるだろうか。美紀子に売春をさせていた男が、あの後、沢辺とたまたま会い、獲物を奪われた腹いせをする——考えにくかった。あの若者は、口ではイキがっていたが、それだけの度胸はない。もしそうしたとしても、相手が沢辺では、あっさりあしらわれるのがオチだ。

ただ万一、若者の後ろに組織が控えていたらどうなるだろうか。暴力団とまではいかぬまでも、血の気の多いチンピラグループや愚連隊のような。

沢辺は暴力団関係には顔が広い。滅多に口に出すことはないが、どこの盛り場で、どんな勢力が今、幅を利かせているか、常に把握している。また、暴力団の幹部にも何人か知りあいがいる。それは彼の父親の関係だが、そのことにより、大規模な組織を持つ広域暴力団からは、むしろ保護されているといっていいだろう。従って、暴力団のからんだトラブルが起きているとは考え難い。

車を芋洗坂の中腹、金曜の晩に、沢辺がメルセデスを駐めたあたりに寄せた。

公衆電話を見つけると、下居美紀子の家に電話をかけた。

母親が出て、美紀子は部屋にいると答えた。父親が問い詰めても、居なくなっていた間、どこで何をしたか、決して口を開かないという。

「美紀子さんあてに、誰かから電話はありませんでしたか？」

「いえ、誰からも。土曜は学校を休ませました」

「美紀子さんから、どこかへ連絡をしたことは？」

「ありません。一歩も外へ出していませんし」

「そうですか」

母親の声には、どこか迷惑がっている気配があった。感謝されるのは、失踪人の居場所を見つけ知らせたり、連れ帰ったりした当初だけだ。時間がたつと、沢辺がいったように、自分たちの恥部を見た相手として、疎《うと》まれるようになる。

それも慣れたことのひとつだ。

僕は、突然電話したことを詫《わ》びて受話器をおいた。

連絡がないからといって、関係がないと断じることはできない。

あの若い男の住所はわかっている。会おうと思えば本人にも会えるのだ。

とりあえず、沢辺が行き、僕も知る何軒かの店を、片端からのぞいた。麻雀荘やゲームセンターも含まれている。

さりげなく顔を出し、最近、沢辺が来たかどうかを訊ねた。特に土曜の晩にしぼった。ディスコ、カフェバー、ラウンジといった店だけに二十軒近くにのぼる。そのいずれにあたっても答えはノーだった。

僕は沢辺の縄張りのうちから新宿は除外していた。もしあの後、すぐに新宿方面に出かけるつもりだったならば、沢辺は四谷まで僕を乗せていった筈だ。途中経路になるからだ。

あのときの沢辺の雰囲気は、六本木に、行きたいところがある、といった感じだった。だが、僕の知る限りの店には、どこにも顔を出していない。あるいは、僕の知らない、新たな遊び場を見つけたのか。

僕は車のところまで戻ってきた。時刻は十二時を過ぎ、一時近くなっている。

沢辺の部屋にいる羊子に電話をした。

「どうだい、何か変わったことは？」

「お兄ちゃんのガールフレンド三人から新しく電話があったこと以外は何も。初め、私が妹だって信じてもらえなくて、いろいろ大変だったわ。でも、その人たちに訊《き》いても、お兄ちゃんからの連絡はないって」

「君の部屋はどうだい、留守番電話は？」

羊子は、外出先から自宅の留守番電話を再生させて聞くことができる、リモートコントローラーを持っている。沢辺も同様だ。

「何も入ってないわ、あいかわらず」

「わかった。今夜はどうするの？」

「なんとなく心配だし、明日は打ち合わせがあるけど、割とゆっくりだからここに泊まります。コウさんは？」

「もう少し心あたりを当たってみるよ。何かわかったら連絡するから」

「本当にすいません」

「もし、沢辺が本当に失踪したのだとしたら、彼の持ち物を調べなきゃならないかもしれない」

つらい気持を押し殺していった。

「………………」

羊子は黙っていた。

「そのときは――」

「鍵《かぎ》をお渡しします。コウさんなら、お兄ちゃんもわかってくれるでしょうから」

「ありがとう」

「いえ、こちらこそ」

どこかよそよそしい態度で、羊子は電話を切った。僕は苦い思いで黄色電話を見つめた。

沢辺は仲間だ。その仲間のプライバシーをかき回したくなかった。だが、そのことで、より悪い状況を防げるとすれば、やらなくてはならない。

僕は一度車に戻ると、グローブコンパートメントから、自分の留守番電話のリモートコントローラーを取り出した。自宅にかけ、留守番電話が作動すると、音波による信号を送る。それによって録音されたメッセージが再生されるという仕掛けだ。

沢辺の、あの聞き慣れた声は入っていなかった。

車に乗りこみ、麻布十番へ走らせた。

下居美紀子が転がりこんでいたマンションの若者は、名を横田《よこた》といった。元渋谷のディスコ『ブラックパイ』のウエイターだ。族に出入りしていたこともある。

郵便受けで、横田の部屋を確認し、エレベーターに乗った。細長い建物だった。新しいが、どこか急拵《ごしら》えといった印象だ。

スティールドアの横にあるチャイムのボタンを押した。返事はない。しばらく待ち、もう一度押した。結果は同じだった。

一階まで降りると、建物の反対側に回った。横田の部屋と覚しい窓にはカーテンがかかり、中は暗かった。あのタイプの若者が午前一時で眠ってしまうことはない。どこかへ出かけているのだ。車をターンさせ、通りの向かいにとめると、待った。

午前五時二十分、RSターボが十番の通りから進入してきた。僕はシートの背を起こした。

違法駐車をして、横田が降りてくる。ジーパンに皮ジャケットを着て、眠そうな目をしていた。

　僕は車を出、ドアを閉めた。横田がふり返り、ちらりと見ただけで、マンションの中に入ろうとした。

「横田」

　僕は呼びかけた。

　横田は立ち止まり、通りをすかすようにこちらを見やった。

「誰だ？」

　近づいていった。顔が見える位置まで歩みよると、横田の顔に、警戒と脅えの表情が入り混じって浮かんだ。

「なんだい、あんた、何の用だよ。俺はミキとは、ただの友だちだっていったろうが」

「誰も信じてないぞ」

「よしてくれ、あれっきり会ってねえよ」

「今まで何をしていた」

「それがあんたに何の関係があんだよ」

　横田のジャケットの襟をつかんだ。

「また、未成年の娘に売春させていたんじゃないのか」

「なにいってやがる――」

ひきよせた。赤くなった目に恐怖が走った。彼の目をのぞきこみ、低い声でいった。

「本当のことをいえよ」

「麻雀だよ、嘘《うそ》じゃねえよ。なんで俺につきまとうんだよ」

「俺の相棒、覚えているか。メルセデスに乗っていた」

「あの、でかい人かい」

「そうだ」

「ああ」

横田は幾度も顎《あご》を上下させた。

「あれから見かけなかったか」

「冗談。どうして俺が」

彼を揺さぶった。

「どうなんだ!?」

「見てねえ、会ってねえよ。勘弁してよ、もう」

「都合のいいことをいうなよ。こちらがひと言いえば、お前は刑務所行きだ。未成年が相手じゃ、罰金ではすまないぞ」

「そんな、俺はもうやってないって。ミキにも会ってないって。本当ですよ、ミキに訊いてみて下さい。金輪際《こんりんざい》、あいつにも会いません、信じて下さい……」

つきとばした。横田はよろけると、ゴミバケツの上に尻餅《しりもち》をついた。その陰から猫が驚いたように飛び出した。

泣きべそをかいて、横田は僕を見上げた。震え上がっている。安っぽく、下らない、何の価値も取り柄もないチンピラだ。

僕は無茶苦茶に殴りつけたい衝動をこらえた。

「二度とあんな真似するなよ」

いいすてて踵《きびす》を返した。車に乗りこむ。横田が立ち上がり、頭を下げて、マンションの中に駆けこんだ。

彼に沢辺を襲うような腕もなければ、背後もないことが、これではっきりした。もしどちらかでも片方があれば、僕への対応はちがったものになった筈《はず》だ。

元のもくあみだ。沢辺の居所は何ひとつわからない。

ひどく疲れた気分で、四谷に向けて発車した。

3

翌日も僕は、僕の知る沢辺の縄張りを歩き回った。もう場所も、六本木とは限定しなかった。赤坂であろうと、銀座であろうと、知る限りすべての場所に脚を運び、彼を知り、僕を知る者全員に、沢辺の消息を訊ね歩いた。

結果は同じだった。沢辺の居所は皆目わからなかった。

通常、当人が本気で望んで姿をくらますつもりならば、その行方《ゆくえ》を捜し出すことは不可能といってもいいだろう。にもかかわらず、僕の仕事が成功しているのは、蒸発した人間たちが、嗅《か》ぎつけられやすい痕跡《こんせき》を、どこかに残しているからだ。それは、デスクに残された時刻表の、開かれたページにあるホテル案内であったり、クズカゴの中に捨てられたメモに走り書きされた電話番号であったり、ガソリンスタンドの領収証であったりするものだ。

沢辺の場合、そういった手がかりは何ひとつなかった。

打ち合わせのあとのインタビューを延期して立ちあった羊子の前で、僕は沢辺の部屋を調べた。手がかりとなるものはなかった。

打ちこんだ通帳には、この四日間、どこでもキャッシュカードが使用されていない事実が記載されただけだった。

意図的に失踪したものでないにもかかわらず、これだけ痕跡を一切とどめないということは、普通の事態ではありえなかった。

時間は確実に過ぎていた。

羊子がインタビューのために出かけていくと、僕は一人で沢辺の部屋に残った。もう少し調べてみるから、と彼女にはいったのだ。

センターテーブルにおかれ、手をつけぬままに冷えてしまったコーヒーをすすり、僕は煙草に火をつけた。

羊子の前ではしたくなかった仕事がいくつか残っていた。

羊子は、兄のプライバシーをかき回される不快感よりも、その身を案じる気持の方が強まっていたようだ。

僕に正式な調査の依頼方法を訊ね、僕はそれを一笑に付した。彼女の気持もわからなくはなかった。僕の作業を、正式な依頼に基づく任務だと考え、自分の中で割りきろうとしたのだろう。

家族の絆《きずな》とは、すばらしいものだ。僕は、豪華な部屋の中央にすわり、ぼんやりと考えた。僕自身が失踪したとしても、行方を捜して、僕のような人間に調査を依頼する人物はいない。

八年前、東南アジアの上空で、領空侵犯と誤認され、戦闘機の攻撃を受けて墜落した旅客機に、僕にとっての唯一の、そうした存在が乗りこんでいた。

父の死後、父が経営していた社員数五名の小さな貿易商社は分解した。その結果、僕は就職先と、家庭の両方を一度に失うことになった。父の死が最大の原因であったといいきることはできないが、僕は通っていた大学をやめ、目的のない旅行に出かけた。それは、父の死に場所をこの目で確かめることから始まり、父が残したわずかな〝遺産〟を使いきるところまで、あちらこちらにまたがってつづいた。

日本に戻ってきて、これから何をして生きてゆこうか考え出したときに、早川法律事務所の調査二課長が現われた。課長は、父の旧友だといい、父からの手紙を持っていた。

——自分に何かあれば、僕のことをよろしく頼む、という内容のものだった。

——君のことを知り、いろいろと観察させてもらった。

課長はいった。

——君は確か法学部だったね、よければ、私の勤め先で働いてみないかね。

さしたる期待も目的もあったわけではなかった。だが、課長は、僕が自分でも気づいていなかった才能を見ぬいていた。それは、できる限り数多くの人と会い、言葉を交し、そして相手の生活に痕跡を残さず立ち去っていけるという才能だった。そして、どんなにささいなことであっても自分の直感に響いてくるものならば、決して粗末には扱わず、納得がゆくまで追い求めることだった。そういった行為に、僕が苦痛を感じることはまれだった。たまに、どうしようもなくつらくなっても、沢辺のような友人との、羽目を外した騒ぎによって、すりきれかけた神経を回復させる術《すべ》を知っていた。

現場に戻れば、新たな依頼人と会い、新たな事実を追い、その結果が百パーセント満足のいかぬものであろうと、自分でコントロールできたのだ。

課長は、僕には、追跡者の本能がある、といった。僕もそれを信じてきた。命を失ないかけ、幾度も負傷を負い、ときには敵意を抱いた人間に執拗《しつよう》につきまとわれても、その本能に変化はなかった。

生活のためだと割りきっているわけでもなく、といって好きで好きでたまらない仕事でもなかった。

おそらく、他の多くの人々と変わらないのだろう。

コーヒーカップを手に窓ぎわに歩みよった。公園に水銀灯が点《とも》り、色を変えた枝の一角だけが銀色に輝いていた。風が強く、表はひどく寒そうだった。このぶんだと、ひと足早く、冬がやって来るかもしれない。

電話機に歩みよると、警視庁捜査一課の皆川《みながわ》課長補佐を呼び出した。

皆川課長補佐は、彼が四課にいた頃からの知りあいだった。六年以上のつきあいのうちに、限りなく友人に近づいてはいたが、彼のような仕事の人間が、僕のような仕事の人間と友人になるのは、限りなくゼロに近い可能性である。ただし、僕の立場にいる者が、警官出身ならば話は別だ。警官と医者は、よく似ている。たとえ互いが会ったこともない見ず知らずの人間であっても、同じ職業であるというだけで、共感と同情を抱きあうものらしい。確かに両方の職業とも、同情されるべき部分がある。

「久しぶりだね、傷の方はどうかね？」

電話の向こう側の声は、あくまで社交的だった。その柔らかな物腰の裏側には、固い権力の壁がある。

「これから疼《うず》く季節です。今年の冬は冷えこみそうですから」

「いつまでも若者じゃいられないというわけか」

「そういうことです」

「で、今日はいったいどんな点数を私に稼がせてくれるのかね」

かつて殺人犯を五人、麻薬の密売グループをひとつ、皆川課長補佐にひき渡したことがある。

「今日はお願いです」

「ほう?」

皆川課長補佐の声がいくぶん低くなった。

「身許不明の死体を調べて欲しいんです。先週の土曜日以降に見つかったものです。沢辺——僕の友人です。覚えていますか?」

「一度会ったね。神戸から来た元やくざが殺された事件のときに。確か美人の妹さんがいた」

「そうです。彼の行方がわからないんです。年齢は僕と同じ、身長は百八十五センチ、体重は七十キロ以上、車はメルセデスの５００ＳＥＬ」

「何かあったと思う根拠は？」

「何もありません。何もないのに、突然いなくなったんです。友人やガールフレンドの誰にも連絡なしで」

「わかった、今は事務所？」

「いえ、彼の部屋です」

僕は電話番号を教えた。

「調べてみよう、折り返し電話する」

僕は礼をいって、受話器をおろした。

羊子の前でしたくなかった仕事はもうひとつあった。

職業柄、世間で〝麻薬〟と呼ばれている薬物その他と接する機会は多い。それらが、未成年の家出や、売春などの犯罪行為につながるケースも決して少なくはない。家出をした未成年者を嗅覚で見分けるのを得意とする人間が、盛り場には二種類いる。警察官と暴力団員だ。暴力団関係者とつきあいを持った未成年者は十中八、九、覚醒剤のお世話になるようになる。それらは、決して暴力団員が勧めて中毒になるケースばかりではない。そういった薬物の洗礼を、シンナーやトルエンなどで既に受けている若者たちには、覚醒剤は決して遠い世界のものではないからだ。好奇心もあるし、背のびもある。目前で、中毒者の暴力団員が射っている様子を見せられると、つい試してみたくなるものなのだ。

——試してみるか、どんなものか。

〝親切〟なやくざはそういう。彼らは、家出をしてきた子供たちに小遣いをやり、食事をあてがう、救済者なのだ。

他にヘロイン、阿片といった薬物は影をひそめ、マリファナ、コカインなどが台頭してきている。マリファナやコカインは客筋が高級なため、そうした形で簡単に提供されることはない。

僕自身、そうした中で、すべての薬物を悪であるときめこむ頭はない。たとえば、マリファナを禁止するならばアルコールも禁止すべきで、マリファナが問題視されるのは、マリファナのような優しい品から、より強い刺激を求めて、コカインや覚醒剤に移行する可能性が高いからに他ならない。ただ、現状では、当局の取締りが厳しすぎ、発覚した場合のデメリットが、マリファナの提供する快楽に比べ、ひきあわぬだけなのだ。

だが沢辺はちがう。マリファナであろうと、コカインであろうと、自らの楽しみのために使用していたとしても、決して不思議ではない。習慣性の強いものを、その中毒になるほどの頻度で使用していたとは思えないが、たまの楽しみに、口の固い女の子とマリファナを吹かす程度はあったかもしれない。

それが、たまたま何かの原因で、彼をトラブルに巻きこんだ可能性もある。

現時点で、そういった〝麻薬〟類が沢辺の部屋に隠されていないかどうかを調べておくべきだ、と僕は考えたのだ。

まず冷凍庫を手始めに、トイレ、本棚、スピーカーボックス、キッチンといった、〝隠し場所〟を僕は捜していった。沢辺が、何らかの、そういった薬物を所持し、隠し持っていれば、必ずどこかに痕跡を発見できる筈だった。

特に念を入れたのが寝室だった。麻薬による快楽は、必ずセックスとつながる。それが、友人の秘密を覗く卑しい行為であることは充分に承知していた。本来、行うべきことではないのだ。自己嫌悪が激しく、自分がそれをどこかで楽しんでいるのではないか、という疑問がつきまとった。

寝室もくまなく捜し、所持している、あるいはしていた、という痕跡がまったくなかったことを知ると、その嫌悪感はより強まった。

電話が鳴り始め、僕は、沢辺の寝室の受話器でそれを取った。

皆川課長補佐だった。

「一応、千葉、埼玉、神奈川といった近県にもあたったが、該当するホトケはなかったよ」

「そうですか。お手数をかけました」

「どういう状況なんだい。暴力団とか、そうした関係があった人なのかね」

皆川課長補佐は、沢辺の家族——父親のことは知らない。

「いや、それはないでしょう」

僕は明るく答えた。

「ならばいいが……」

「こちらも、万一と思っただけで、そう簡単にくたばるようなヤワな奴じゃないんですよ」

「無駄骨と承知でやらせたわけかね」

「埋め合わせはします。今度、国際犯罪組織の首領をつかまえたときは、真っ先に進呈しますから」

「期待しておこう」

皆川課長補佐は笑っていうと、電話を切った。

リビングルームに戻った。書棚には、物理学の本が並んでいる。奥付けを見ると、沢辺の大学時代だけではなく、つい最近に購入されたのも混じっていた。

すべては土曜の晩だ。僕と別れたあと、何かがあったのだ。

僕は、これで何度目か、失踪する前の沢辺の様子を思い返した。

金曜の夕方、待ち合わせ、張り込みの喫茶店に入った。それから、横田と下居美紀子を尾行し、麻布十番から六本木まで歩いた。

二人が喫茶店に入ると、僕が後を追い、沢辺はその間に、車を取りに戻った。そして僕が喫茶店から出てくると――

知りあいを見た、いや、知りあいに似たのを見た、と沢辺は、僕が出て来たビルを指した。

僕が出てきたとき、沢辺は、芋洗坂の下方を見ていた。それから僕に向き直ったのだ。メルセデスからは降りてきていた。

なぜ乗っていなかったのだろう。顔を確かめようとして降りたのか、もともと降りていたのか。

あの状況の沢辺は、車での追跡にすぐ移れるよう、メルセデスを持ってきたのだ。従って、本来なら乗っているべきだ。メルセデスの位置は、階段の真正面、彼がわざわざ教えなくても、出てきた僕にすぐわかる場所だった。

ということは、知りあいらしき人物を見かけて、沢辺は車を降りたのだ。そして、それを確かめる暇もなく、僕が喫茶店から出てきた。

女じゃない、男だ、と沢辺はいっている。

水商売関係者か。行きつけの店のマネージャー、店長。だが、六本木でそうした人物に会うのは、あたり前であって、車を降りてまで確認する必要はない。

もっと別の人間なのだ。しかもそれは僕の知りあいではない。お互いが知っている人間ならば、名前を告げた筈《はず》だ。

学生時代の友人か。神戸の方の知りあいか。

土曜日、僕と別れたあと、あのビルに出かけた可能性はあるだろうか。その友人がずっと会っていない人間で、また会いたいと願っているにもかかわらず、連絡先が不明ならば、そうしたかもしれない。

かなり大胆な考えだが、あの時間、僕と別れ、羊子との待ちあわせまでに空いた時間を、そうした〝調査〟にあててもおかしくはない。

場所も同じだし、手頃の暇つぶしともいえる。

問題は、そこで何が起こったかだ。

僕は、かき回した部屋を、なるべく元通りに戻すと、そこを出た。駐車場に降りる前に管理人室に寄り、羊子から借りたキイを管理人に預ける。

ようやく手にした、唯一の何かだった。

午後十時を過ぎていた。だが、夜は、それを追及するのに、まだ充分の長さがあった。


そのビルの名は、ミナトビレッジといった。芋洗坂の中腹、スウェーデンセンターに向かう右側に建っている。一階は奥まった位置にブティックがあり、L型にせり出したショウウインドウでは、毛皮のコートがスポットライトを浴びていた。

八階建てで、二階が例の喫茶店、三階から七階までに店舗が入っている。三階が炉端焼き、四階がミュージックパブ、五、六、七階とクラブ風の名前のつづいた看板が掲げられていた。

僕は羊子から、沢辺の写真を預かってきていた。沢辺ほどの体格があれば、記憶に残る筈だ。それに彼は、ただ客としてその店に足を運んだだけではないのだ。おそらく、僕の勘が外れていなければ、彼が知る或る人物について、従業員に何らかの質問を向けたにちがいない。

四階から始めた。

『アリゲーター』というものすごい名の「ミュージックパブ」だ。エレベーターを降りた瞬間から、賑《にぎ》やかなバンドの演奏が聞こえてくる。

ガラスの格子扉を押し開けると、「ルイジアナママ」のどら声がとびかかってきた。歌ではない。絶叫だった。

正面にステージがあり、制服を着たバンドをバックに、三十二、三のネクタイ姿の男が歌っている。ステージの前では、連れらしいサラリーマンやＯＬが踊り狂っていた。労働意欲をかきたてる光景だ。

「いらっしゃいませっ」

バンドマンと同じ制服を着た男が駆け寄ってきた。満面の笑みが不気味なほどだ。

ボックス席を断わり、僕は、入ってすぐ右手にあるカウンターにかけた。ビールを注文すると、硬質ゴムのようなクラゲのお通しがついてくる。

頃合いを見はからって、バーテンダーに訊ねた。

「この店、友だちが来てるって聞いてきたんだけど、今日はまだかな、沢辺っていう……」

「沢辺さん……？」

「体がでかくて、土曜日に来たと思うんだ」

「さあ」

「そうだ、こいつ」

写真をブルゾンからひっぱり出して見せた。

「お通し三丁、ニューボトルよろしく！」

僕を迎え入れたボーイが怒鳴った。

バーテンダーはタッパーウエアから小鉢に硬質ゴムを移し変えながら、写真をのぞいた。

そこへ、ボーイが現われた。写真は、自然にバーテンダーからボーイに手渡された。

「どうかな、土曜はひどかったからな。何て方ですか。え？　ハマベさん、サワベさんですか。うちじゃないと思いますよ」

『カレンダーガール』のイントロがかかった。マイクは、絶叫のサラリーマンが握りしめたままだ。

「はい！　よいしょっ」

ボーイがステージに向かって手拍子を打ち始め、僕は写真をとり返すと席を立った。

五階はバーで『セントロマンス』といった。扉には会員制という断わり書きが貼《は》られている。

中央に二本の長いカウンターがあり、その間をミニのワンピースを着た娘たちが動き回っていた。

〝会員制〟にもかかわらず、追いたてられることもなくカウンターにすわった。客は、テレビ局風が数人と、中年のサラリーマンだ。

「どうぞ」

ワンピースの娘がおしぼりを運んできた。同じようにビールを注文し、その娘に話しかけた。ここでのお通しは、鉄板入りの塩煎餅《せんべい》だった。

土曜日は出勤していなかったというその娘が、写真を同僚に回した。〝ちいママ〟クラスらしいロングのワンピースが流れてきた写真を手に、僕の前に立った。おそろしく日焼けしていて、多少筋張ってはいるが、なかなかの美人だ。

「何とおっしゃるお客様ですか？」

僕は教えた。店の中は、リチャード・クレイダーマンの静かなピアノと、階下から響いてくるドラムスの振動が混じりあっている。「多分、お出《いで》にはならなかったと思います」

そう答えて、ボトルメニューを写真と共にさし出した。

「ボトルキープはどれになさいますか?」

いらない、と答えると、かすかな嘲笑《ちょうしょう》が唇の端に浮かんだ。最初の娘も含め、女性が僕の前を離れていった。僕は、カウンターの中の孤島となった。

ここではビールを飲み干し、店を出て行った。

六階は『アルジャノン』という名のクラブだった。安っぽいシャンデリアの下に、カーペットがしきつめられ、やたらに花が飾られている。

ボックスに案内されると、注文もしないボトルが用意され、どう見ても三十四、五歳のミニスカートのおばさんがついた。

水割とは名ばかりのえらく濃い液体をふたつ作ると、僕と自分の前におく。

「何回目?」

彼女が訊ねた。訛《なま》りがあった。スカートからのびたごつい太腿《ふともも》を見ながら、昼間の彼女は何をしているのだろうと思った。田舎の方では農閑期に入った頃だ。

「初めて」

「遊び人の面《ツラ》して、ずいぶん娘っ子泣かしたろうが」

「九百九十九人。京都で会った千人目に泣かされた」

「いうのう。それほどのタマかって」

背中をどつかれた。手にしたグラスの半分が膝《ひざ》の上にこぼれおちた。それで彼女の趣味がわかった。草野球の名キャッチャーにちがいない。ミットを必要としない掌をしている。

自分はグラスの中味をひと口で三分の一ほど飲み干した。

「まずい酒だね。あんたブランデーにしたら?」

強烈な店だ。人生の悲哀を求める男たちに向いている。僕はてっとり早く写真を出した。

「土曜日に、彼ここへ来なかった?」

「知らんね」

「他の人に訊いてみてよ」

「やんだ。飲もう」

彼女のグラスは空になっていた。そこに氷をふたかけらほど入れると、ウイスキーを注ぐ。水は三滴ほど加わったようだ。

僕はウエイターに手を上げた。黒のスーツを着た男が駆けよってきてひざまずいた。

写真を見せて、同じ質問をくり返した。女は、何がおかしいのか、ひとりでくっくっ笑いながら、ストレートのウイスキーを呷《あお》っていた。

ウエイターは馬鹿ていねいな仕草で写真をおし頂くと、仲間のもとに行った。

僕の席に戻ってくるまで三十分かかった。その間に、隣の名捕手はボトルの半分を飲み干していた。ひとりで騒いでは、僕をからかい背中を叩《たた》いた。僕はそのたびに揺れながら、これほどの仕打ちを受けなければならない、自分の原罪について思いをはせていた。

彼女はどうやら店の聖域になっているらしく、他のどの客もホステスも、目を合わせないよう振舞っていた。ウエイターですら、氷や水がなくなっても、呼ぶまで近よってこない。

たっぷりと待たされた挙句、返ってきた答えはノーだった。僕が帰りそうなそぶりを見せると、ウエイターは慌てて、ホステスを取りかえた。今度は、若いというだけで、自分からは何も喋《しゃべ》りかけない娘だった。酒は同じように強い。無言で酒を作り、急ピッチで飲む。ときおり、人を小馬鹿にしたような薄ら笑いを浮かべた。

僕は写真を取り返し、席を立った。原罪の償いの仕上げは、法外な請求書だった。クレジットカードでそれを精算し、店を出た。

背中がおそろしく痛み、パワーショベルを背負っているような気分だった。あとワンフロア、と自分にいい聞かせ、七階へ昇った。

シンプルな木の扉に金文字で『Tache』と入っている。中は適度に暗く、生演奏のピアノが流れていた。

「いらっしゃいませ」

ゆったりとした応接間のような作りだった。カウンターはなく、円形のテーブルが、贅沢《ぜいたく》な間隔で並んでいる。

店で唯一の女性が僕を迎え入れた。他の客の顔は、入口近くからでは見渡せない。彼女は、二十七、八で、ホステスというよりは、丸の内の有能なキャリアウーマンのように見えた。化粧が薄く、整った顔立ちをしている。

「初めてでらっしゃいますね」

案内されたテーブルに僕がつくと、彼女は客を迎え入れた女主人のように隣にすわっていった。言葉づかいはていねいで品があり、抑制されている。

僕は頷《うなず》いた。

「前に友人から名前を聞いたんです」

ウエイターがアイスとミネラルウォーターのセットを届けた。彼女が、どこから取り出したかわからない小さな角の丸い名刺をさし出した。多分、初めから手にして僕を迎えたのだろう。

片岡《かたおか》こずえと名刺には印刷されていた。

「お友だちは何とおっしゃる方ですか？」

彼女が訊ねた。

「沢辺。この男です」

写真を見せた。こずえは頷いた。

「存じ上げています。先週の土曜日に初めていらっしゃいました」

ようやく掘りあてることができたわけだ。僕はそっと息を吐いた。

「何時頃までいました、彼」

「さあ――」

こずえは顎《あご》にほっそりとした手をあてた。伏目になったお陰で、その長い睫《まつげ》が自前のものであることがわかった。

「夜中。十二時ぐらいまでかしら」

気をとりなおしたように訊ねた。

「沢辺さんのボトルをお飲みになりますか？」

「いただきましょう」

ジャックダニエルの黒が運ばれてきた。ボトルの首にかかったペンダントには「沢辺様」と書かれている。中味は五分の一程度しか減っていなかった。

「彼は一人で来ました?」

「ええ、おひとりで」

「何時頃からいました?」

「そう……八時過ぎ、くらいかしら」

「四時間もひとりで何をしていたのだろう」

僕がいうと、こずえは笑みを見せた。

「お酒を飲まれていたのですわ」

店内を見回した。客は二組ほど入っていたが、どちらも年配で、相応の身なりをした男たちだった。こずえの他は、白シャツにバタフライをつけたウエイターだけだ。正面の奥に、スポットライトがあたったグランドピアノがあり、白髪の小柄な男が『あなたと夜と音楽《ユー・エンド・ザ・ナイト・エンド・ザ・ミュージック》』を弾いていた。

「いい店だ」

お世辞ではなかった。アルコールで動くパワーショベルと格闘したあとでは、本当にそう思えた。

「お名刺、いただけます?」

こずえがいった。僕はさし出した。名前だけで、肩書きのないものだ。自宅とオフィスの直通電話の、二本の番号が刷りこんである。

公用の方は渡さなかった。

「佐久間……コウさんとお読みするのですか?」

「そう」

「よろしくお願いいたします」

こずえは愛らしく頭を下げた。そこへウエイターのひとりが通りかかり、
と呼んだ。僕に対しては、失礼しますと頭を下げる。教育の行き届いた店だ。

「ママ、ちょっと……」

「ごめんなさい、失礼します」

こずえは、僕の膝に軽く触れて立ち上がった。大股《おおまた》で、きびきびとした足の運びをしている。

ウォーキングを訓練された人間の歩みだ。モデルかマヌカン、スチュワーデス、人間の様式美。

沢辺はここで四時間粘り、ただ帰ったのだろうか。

ありえない。しかも、彼女は、僕の質問がかなり細かなものであったにもかかわらず、理由を訊ねなかった。

沢辺の飲み方ならば、四時間、セーブして飲んだとしても、ボトル一本は空けていく筈《はず》だ。それだけのアルコールを摂っても、かなりしっかりしていられる男だ。

要するに、彼女の言葉には嘘《うそ》があるということだ。沢辺は、四時間もここにはいなかった。やって来て、すぐに引き揚げたか、連れ出されたのだ。

なぜなのか、沢辺はおそらく、見かけた知りあいの名を出したのだろう。そしてその人物がこの店にやって来るかどうか確かめた。その結果が、五分の一しか減っていないボトルだ。

今では、こずえも僕が嘘をついたことに気づいている。なぜなら、彼女が、沢辺の失《しっ》踪《そう》に関わっていれば、僕が沢辺の口からこの店の名を聞ける筈がないということを、知っているからだ。

ここにすわり、こずえに沢辺の話をつづければ、沢辺の居場所に連れて行ってくれるだろうか。ごついのが奥から現われて、僕をひったててゆくのだ。

どうやらありえそうにない。なぜなら、沢辺が、ここか、ここを出たところでトラブルに巻きこまれたのだとしたら、それは、沢辺が捜していた〝知りあい〟が原因なのだ。僕はその人物の名も顔も知らない。

沢辺を捜す僕を連れ出せば、今度は、僕を捜す誰かに同じことをくり返さなくてはならない。やがては、日本中の人間をしょいこむことになる。

それよりは、僕に対してとぼけ通す方が無難というものだ。

僕はひとりで時間を過ごした。こずえは二度と僕に近づこうとしなかった。

一時になると腰を上げた。こずえが歩みよってきて勘定書をさし出した。良心的な値段だ。下の『アルジャノン』に比べれば、不当なほど良心的だった。僕は現金で支払いながら、彼らは、ここで使わずにおく邪心をどこで解放しているのだろうと考えた。近いうちに、その場所をつきとめてみせる。それも、ごく近いうちだ。

「ありがとうございました。今度は、ぜひ沢辺様と御一緒にいらして下さい」

こずえが微笑《ほほえ》んでいった。僕は笑み返して頷いた。

「ええ、きっとそうさせてもらいます」

「ミナトビレッジ」を出ると、ハンバーガースタンドで紙コップのコーヒーを買いこんだ。襲いかかってくる人間も、尾行をしてくる人間もいなかった。

一杯をその場で飲み干し、あまりのまずさに目を覚ました。つづいて、カップスープをもらって、車にひき返した。

乗りこむと、「ミナトビレッジ」の向かいに空きスペースを見つけ、駐車し直した。

片岡こずえの名刺を見た。

「クラブターシュ、ディレクター片岡こずえ」とあり、営業時間は、P.M7:00〜A.M3:00となっている。

運転席のシートを倒し、助手席に片脚をのせた。まっすぐにすわった格好をとりつづけるのがつらかった。四軒の店ですわりつづけてきたからだ。

二時間足らずのうちに、酔いが醒《さ》めた。醒めていなければ、片岡こずえを見逃すところだったろう。

店で着ていたニットのワンピースとはちがい、ジーンズに皮のジャケットを着ている。ビルを出てきたこずえは、タクシーに手を上げた。彼女が乗りこむのを待ってエンジンをかけ、Uターンさせた。

芋洗坂は、片側一車線の道に違法駐車が並ぶため、渋滞しがちになる。それを利用して、こずえが乗ったタクシーの二台後ろについた。

タクシーは麻布十番までぬけると、一ノ橋に出た。それからまっすぐに二ノ橋、三ノ橋、古川橋を通過し、白金《しろかね》一丁目を右に折れた。聖心女子学院や北里研究所につづく道だ。

タクシーが止まったのは、北里研究所の少し手前にあるレンガ色の建物の前だった。一階にCO—OPがあり、前庭がせり出すような形をしている高級マンションだ。

少し先に止めた車の中からみていると、こずえは、中二階になっているロビーに入っていった。

十分ほど待った。車をバックさせ、マンションの前に止めた。もう十分待つ。

それから車を降りてロビーに入っていった。正面の管理人室の窓にはカーテンが降りている。反対側に並んだ金属製の郵便受けを見た。

「片岡」という手書きの紙が「一〇〇八」の数字が入った箱に貼られていた。十階、八号室というわけだ。

再び車に戻ると、Uターンさせ、一時間ほどそこで待った。出かける気配はなかった。酔いが完全に醒め、エンジンを切った車内は寒く、背中がまだ痛み、ひどく眠かった。四時半を過ぎると、四谷に向かった。十分足らずで到着した。

こわばった体で部屋まで上がり、熱いシャワーを浴びてベッドに倒れこんだ。眠るまでは三十秒とかからなかった。

4

目覚ましが九時に鳴った。朦朧《もうろう》とした頭でそれを止め、ベッドの上に上半身を起こした。休みの筈なのに、なぜ早起きしなければならないのか、一瞬わからなかった。思い出すと這《は》うようにしてベッドをおり、バスルームに入った。ぬるめのシャワーを頭から浴び、目を覚ます。

バスローブのままコーヒーを淹《い》れ、すすった。

片岡こずえ、唯一の手がかり。彼女を徹底的にマークする。やがては、沢辺の居場所に辿《たど》りつくだろう。

コーヒーをカップ半分ほど飲むと、Tシャツにコットンパンツをはき、ネルのシャツを着た。スイングトップのポケットに煙草を余分に詰めこんで部屋を出る。

雨が降っていた。張り込みには、好都合でもあり、不都合でもある、相手にこちらの顔を知られた張りこみは、発見される可能性を常にはらんでいる。雨がそれを妨げてくれるというわけだ。ただし、傘の内にある相手の顔を見分けなければならない。

車を出し、三十分ほどかかって白金に到着した。マンションの横手、目立たぬ位置に駐車すると、CO−OPに入り、サンドイッチ、お握りといった食料を買いこんだ。

缶コーヒーとサンドイッチで侘《わび》しい朝食をすませ、薄いスモークのサングラスをかけて待った。

眠けと戦うために、ラジオをつけ放しにしておいた。こうした場合、常に最大の敵は自分なのだが、最も敵意を抱く対象は、時計となる。

子供電話相談室を聞いていると、僕の車の前に開いた、地下駐車場の出口から、赤のアウディ100が出てきた。

あちらさんもサングラスをかけている。

アウディがマンションの角を回ると、エンジンをかけた。八時間近い待機にようやく終止符が打たれたわけだ。

アウディは明治通りに出て、渋谷《しぶや》方向に走り出した。雨のせいで、まうしろについても発見される気づかいはないが、用心のために一台の間隔をおいた。

並木橋を右折し、青山学院の横手にあたる通りに入った。古い家並みと妙に新しい建物が混然とした街だ。

アウディが左のウインカーを出した。僕は走りすぎ、十メートルほど先で左に寄せた。左側の扉が開き、ジーンズスタイルの片岡こずえが降りたった。傘は持っていない。通りに面した骨董《こっとう》品店に走りこむ。

それを見送っておいて、車をターンさせた。店の前、反対側の通りを走り過ぎ、もう一度Uターンさせる。

こずえのアウディの三台うしろにスペースを見つけ、わりこませた。

およそ十五分でこずえは出てきた。手にはバッグの他に何も持ってはいない。そのバッグに入る大きさの品物を骨董品店で売っているとは思えなかった。

アウディは一度２４６に出ると、青山五丁目を右折した。再びマンションに戻るつもりのようだ。

マンションの駐車場に帰り、一時間足らずで、こずえは出てきた。きのうとはちがい、紺のスーツ姿だった。タクシーを拾って、六本木に向かう。

彼女がミナトビレッジのエレベーターに乗りこむのを見届けると、昨夜と同じ位置に車を止めた。

車を降り、ミナトビレッジの二階にある喫茶室に入った。こずえは、開店に向けて、七階の店の準備をしている筈だ。

朝のコーヒーをのぞけば、今日初めての暖かな食事をとり、時間に追われることなく自然の欲求を満たした。食事は決して勧められる品ではなかったが、石ころに海苔《のり》を巻きつけたようなお握りよりは、数段、人間の食物といった味がした。

コーヒーを飲み、満ち足りた気持になると、そこの電話ボックスから羊子に電話をかけた。

羊子はいなかった。留守番電話に、沢辺が彼女との待ち合わせの直前までいたと思われる店を見つけた、と吹きこんだ。『ターシュ』という名もつけ加え、もし心当たりがあるならば、こちらに連絡してくれるように頼んだ。いなければ、僕の留守番電話に吹きこんでおいて構わない、と告げる。

つづいて、自分の部屋にかけた。

美声とは思わないが、世をはかなみたくなるほどでもない自分の声を聞き、リモートコントローラーを作動させた。

羊子からの連絡が入っていた。

「コウさん、羊子です。お兄ちゃんからの連絡はまだありません。とても心配しています。今日は、神戸の母にも電話を入れました。今夜は遅くなりそうなので、明日の朝一番に連絡します。もし都合が悪ければ、留守番電話にそちらの良い時間を吹きこんでおいて下さい。

それから……。きのう、おととい と、私、感じが悪かったと思います。御免なさい。コウさんの気持を考えていませんでした。このところ、新しいアルバムの曲も作らなければいけないので、神経がいらだっているようなんです。でも、これはいい訳になりません。コウさんが一生懸命、お兄ちゃんのことを心配して下さっているのに、本当にワルいやっちゃと思います。許して下さい。

それじゃ……」

公衆電話の受話器に微笑みかけた。

いい子だ。懸命に公平であろうとつとめている。

席に戻り、僕が彼女を気に入っている理由の中に、彼女の歌が好きであることが含まれているかどうか考えた。

含まれていないとはいいきれない。だがそれを差し引く必要はない筈だ。なぜなら、歌は彼女自身を表現しているのだ。彼女の考え方を、性格を、そして求めるものを。

危険なのは錯覚することだけだ。彼女の歌う「あなた」が僕であると、彼女が求める「愛」が、僕の愛であると。そこさえ、分けて考えられれば問題はおきない。たやすいことではないが。

昨夜より少し早目、午前二時五十分に、こずえはビルを出てきた。客の入りが悪かったのか、用事ができたのか。

タクシーをその場で拾わなかったことで、どちらかわかった。六本木の交差点まで小走りで駆け昇ってゆく。

芋洗坂の頂上は、こちらから車では上がれない。一方通行なのだ。迂回《うかい》すれば、彼女を見失なう可能性があった。

僕はスイングトップをつかんで車を降りた。レッカーが心配だが、置いていく他はない。

雨をよけるような格好で、スイングトップをすっぽりと頭にかぶった。身をかがめ、早足で歩いた。

こずえは、マンションを出るときに小脇にかかえていたレインコートを着こんでいた。人ごみを縫う、そのうしろ姿を追った。

芋洗坂の頂上に出ると、六本木の交差点で客待ちをしていたタクシーの一台に乗りこんだ。すぐにあとを追ってタクシーをつかまえる。

乗りこんだタクシーは初老の運転手で、しかも個人タクシーだった。おおむね個人タクシーはオーナーカーのため、安全運転をしがちだ。一瞬後悔したが、他のタクシーを捜していれば見失なってしまう。

「前のタクシーを追って下さい」

運転手は、すぐには発車せず、僕の顔をふり向いて見つめた。酔っぱらいかどうか、確かめようとしたらしい。

ためらい、

「私はね――」

といいかける目の前に、身分証をつき出した。

「法律事務所の調査員なんです。協力を願います」

運転手は口を閉じた。向き直り、発進する。

シートに背をあずけると、長々と息を吐いた。ルームミラーの中から、運転手が、幾度もこちらを見やった。

前のタクシーは西麻布まで下ると、右折して新宿方面へ向かった。

初老の運転手は、ときおり見失ないそうになりながらも、何とか尾行をつづけていた。

車の中はヒーターがきき、緊張をゆるめると、眠けが襲いかかってきそうなほど快適だった。だが、あるいはこれで、沢辺の居場所の手がかりをつかめるかもしれないのだ。

片岡こずえは、何かを知っているし、隠している。それだけは、まちがいのないことだ。

西新宿の高層ビル街にタクシーは入っていた。明りの消えた超高層ビルは、闇を濃くする巨大な墓石のように見える。

車線の広い通りで、前のタクシーがハザードをつけ、左に寄った。新宿中央公園には近いが、どの高層ビルにも、歩けば結構ある位置だ。

時間のせいもあり、人通りはもちろん、車の流れもまったくない。

「どうするんですかね」

運転手が訊ねた。こちらの苦境を、どこか楽しんでいるような調子だった。

その間に僕の乗ったタクシーは、止まったこずえのタクシーを追いこしていた。車内灯の光で、こずえが料金を払っている様子がちらりと見えた。

「もう少しいったところで止めて下さい。ドアは開けないように」

「はい」

運転手はつまらなそうにいって、僕の指示に従った。

歩道橋を通りすぎた位置でタクシーは止まった。こずえがこちらに向かって歩いてくるのが見えた。僕はシートの陰で身を低くした。

歩道橋を昇っていく。反対側は何もない場所だ。少し向こうに工事現場が見えた。

頃合いを見はからって料金を払い、タクシーを降りた。こずえが、何者かと合流する可能性が高い。人けのないところだが、車でピックアップするには好都合だ。

僕は、自分の車で来なかったことを悔やんだ。タクシーの空車は愚か、一般の車もほとんど通らないあたりだった。たまに通っても、高速度で行き過ぎてしまう。

スイングトップを着こみ、うつむき加減で歩道橋を昇った。こずえは反対側に降り立った頃だ。

階段の中腹で、反対側を透かし見た。

こずえがコートの襟を立て、ポケットに両手を入れて立っている。歩道橋の上にあがれば見つけられる可能性が高い。

僕は這うようにして残りの階段を昇った。

ピックアップにしても変だ。若い女とこんな場所で落ちあうなら、普通は相手が前もって来ている。

待ち合わせが狂ったのだろうか。

階段の頂上に辿りついたときに、その理由がわかった。

両側の手すりにもたれかかるようにして、男がふたり立っていた。二人とも日本人ではなかった。一人は白人で、一人は黒人だ。背格好は似ている。両方とも、僕より頭ひとつ分でかい。

男たちは、中腰の僕を見おろすと、顔を見合わせ、ニヤリと笑った。黒人の白い歯が妙にきれいだ。ウォークマンをつけていた。

白人がジーンズにピーコート、黒人が皮のパンツにボンバージャケットを着ている。

待ちあわせは、こずえではなく、僕がしていたのだ。向こうは知らないだろうが、僕は彼らのことを知っていた。赤坂のディスコ『ロブロス』に巣食っている不良外人だ。

それがなぜ、と思う暇はなかった。白人が僕の両わきに腕をさしこみ、吊り上げた。ひとことも口にしなかった。

黒人がボンバージャケットのポケットから両手をひき出した。黒い拳が、僕のわき腹にめりこんだ。流れるようなリズムで、一・二、一・二、一・二、と打ちこむ。

僕は息を飲んだ。あまりの激痛に声も出なかった。拳があばらの下方に当たった。折れるのがわかった。

黒人が軽くステップして下がった。白人が荷物を落とすように、僕の体を放した。僕は歩道橋の上に、両膝をついた。倒れそうになるのを、腕で支えた。

「貴、様ら……」

黒人が僕の両腕をねじりあげた。無言のままだった。

白人が前に回った。無表情な青い眼が僕を上から下まで見回した。ピーコートからステンレスのナックルを出して右手にはめる。つき出すように、僕の目の前にかざした。

身をよじった。万力で締めあげられたような両手首はぴくりともしなかった。

白人がステップした。反対側のわき腹だ。

内臓破裂――頭の中に言葉が浮かんだ。

「やめ、ろ」

自分のものとは思えないほどか細い声が喉《のど》を割った。

白人が目を伏せた。僕のわき腹の一点を見つめていた。

「やめ、ろ……」

拳をひいた。打ちこまれる！　そう思って息を詰めた。

打たれなかった。髪の毛をつかまれ、仰向けにされた。涙が目尻《めじり》から滴った。雨が熱くなった顔にあたり、その場で蒸発してゆくような気がした。

ナックルが再び鼻先につき出された。ガッツポーズのようだった。いつでも、お前を殺せる、そういっているようだ。

白人は右手からナックルを外した。それをしまうと、僕の両頬《ほお》を軽く叩いた。

車の走行音が下の方から響いていた。叫んでも、誰にも聞こえなかったろう。

白人は僕のスイングトップの内側に手をさしこんだ。財布が抜きとられた。それをピーコートの内側にしまいこむ。

両手首がほどかれた。僕は、ゆっくりと膝《ひざ》をつき、前のめりに倒れた。冷たい歩道橋の床面が頬に気持よかった。

二人が僕の体をまたぎこえた。反対側の階段に向けて、歩き去ってゆく。

黒人がウォークマンに合わせて、軽いステップを踏んでいるうしろ姿が、最後に見えた。

目を開けた。左のわき腹に、溶けた鉛を流しこまれ、それがそのまま固まってしまったようだ。猛烈に喉が渇き、吐き気がこみ上げてきた。

全身が冷たく濡れ、こわばっていた。わき腹の痛みは、息をするごとに強まった。体をくの字にして、気を失なっていたようだ。のばそうとすると、すさまじい痛みがきた。喘《あえ》いだ。口の中に入ってくる雨粒を飲んだ。痛みと屈辱で涙が流れた。

右腕をそろそろとのばした。指をまげ、床面につめをたてるようにして、体をひきよせた。歯をくいしばった喉の奥から、猫の泣き声のような音がもれた。

左腕を立てた。体をひきずり、歩道橋の手すりまで這いよった。全身が苦痛だけでなく、確かに、濡れて重くなっている。

手すりに指をからめた。拍子に、腕時計に目がいった。四時四十八分だった。一時間と少ししか〝休憩〟できなかったわけだ。

血の一滴も流れず、傷跡のひとつも残らない。きれいな手ぎわだ。まさにプロ中のプロだといえる。

唯一の誤算が、僕が彼らを知っていた、ということだ。そして、彼らの背後にいる人間も。無論、このままではおかない。

手すりにつかまり、じりじりと体をひき上げた。大きく息を吸うと、折られた肋骨《ろっこつ》にひびいた。吐血した場合、折れた骨が肺に刺さっている。探偵のキャリアで身につけた知識その一だ。

手首の上に、ナマ唾を吐いた。ピンク色にすら染まってはいなかった。

両腕にまるきり力が入らなかった。唸《うな》り、喘ぎ、力を送りこんだ。

手すりが震えた。膝も震えた。ようやくのことで立った。

手すりにもたれかかり、少し吐いた。ひどい吐き気ではない。目まいもない。痛みが残っているだけだ。

これは当分残る。半月か、一カ月。けっこうだ。忘れずにすむ。

よろめくように歩き出した。体を折り曲げ、老人のように手すりにつかまって、階段をおりた。

おりきると、ガードレールに腰かけた。左右を見渡した。タクシーどころか、一台の車も見えない。首を回すと、筋が鳴った。

電話ボックスが、走ってきた方角にぽつんと見えた。そこまで行ってみることにした。

あれほど優しかった雨が、今ではわずらわしく思えてきた。正気に戻っている証拠だ。

コットンパンツのポケットに硬貨だけが数枚残っていた。

ボックスに辿りつくと、受話器を取り、もたれかかるようにしてボタンを押した。

コールを八回、相手が出た。

「……はい」

眠そうな声だった。

「起こしてすまない。だけど、こんなときはいつも君の兄貴を呼んでいた。今日は、兄貴がいないから……」

ひどい声だ。羊子は目が覚めたようだ。

「コウさん!?　どうしたの?」

「留守番電話で話した、クラブのママを尾行したんだ。西新宿まで。そうしたら、悪漢がふたり待ちかまえていた。僕は、歩道橋の上でブレイクダンスを踊らされた」

「大丈夫?　どこ?」

位置をいった。

「財布をとられてね。よかったら……」

「今すぐ行きます。待ってて下さい」

「ありが、とう……」

待つこと三十分で、羊子は到着した。三軒茶屋から鬼のように飛ばしてきたにちがいない。

水しぶきを上げながら、僕の待つ電話ボックスの前を、ゴルフは通り過ぎ、バックした。ドアが開き、羊子が飛び出してきた。

「コウさん！」

電話ボックスを開け、よろめき出た。

「シートを濡らしてしまう」

「何いってるの、早く乗って！」

羊子は僕をかかえるようにして、ゴルフまで連れていった。ふんわりとした紺のバルキーのセーターにスリムのジーンズをはいている。

髪からシャンプーの良い香りが漂った。

助手席に体を押しこめると、天井を仰いだ。目を閉じていった。

「それと同じセーター、沢辺も着ていた」

「私が編んだの」

羊子はいって、ゴルフを発進させた。

「いって。どこの病院？」

「四谷でいいよ。そんなにひどくはないんだ」

「何いってるの、顔色が真っ青よ」

「プロなんだ。命には関わらないよう、仕上げてくれた」

「どうして、でも……」

「警告だと思う。丸一日、クラブのママをつけ回したんでね」

「お兄ちゃんの失踪と関係があるの?」

「思い出したんだ。あの晩、沢辺は、知りあいを見かけたといっていた」

「知りあい?」

話しながらも羊子は運転をつづけていた。多少荒っぽいが、目をおおうほどではない。

「男だというだけで、名前は訊《き》いてない」

「それが……?」

「見かけたのは、六本木の『ミナトビレッジ』というビルだった。もし沢辺にとってその知りあいが、どうしても会いたい人だとしたら、そのビルに入っている店を訊ね歩くこともあるのじゃないかと思ったんだ。金曜の翌日だし、まして常連の客か従業員なら、確かに訊いて回ればわかることだしね」

「その店が『ターシュ』なのね」

「そう。多分。というのは、ママが、土曜の夜、沢辺が来たことを認めたんだ。ひとりで四時間も粘ったという。なのにボトルは少ししか減っていないし、十二時には帰ったといった。もしその通りなら、充分、君との待ち合わせ場所である『オンドール』に行けた筈だ。それに、沢辺は、『ターシュ』できっと知りあいのことを何か訊ねたにちがいないのに、彼女はそれについてはひと言も僕に喋らなかった」

「じゃあその人が嘘をついたわけ？」

「そう、思う。それで、昨夜から尾行を始めたんだ。どうやら、見抜かれていたらしい」

「じゃあ、その怪我《けが》は――」

「三時少し前に、彼女が店を出て来た。尾行したら西新宿まで来たんだ。誰かと待ち合わせている様子だった。ところが、待ち合わせの相手は、僕だったというわけさ。楽しいデートというわけにはいかなかったが」

「どうしたの？」

「でかい白人と黒人がいた。ひとりが僕を吊《つ》るし上げ、もうひとりが殴った。顔を外たし、傷跡も残らないようにしてくれた。ただ痛みはひどい、深く息ができないんだ」

羊子は静かに息を吸いこんだ。目は、ワイパーが動くフロントガラスに向けられている。やがていった。

「警告かしら」

「おそらく」

信号で停止した。アパートは目と鼻の先だった。羊子は息を吐き、シートに背をあずけた。目を閉じ、すぐ開いた。

「ごめんなさい」

「君があやまることじゃない。僕が間抜けだった。もっと用心すべきだったのさ」

「これ以上は無理ね。警察に届けるべきだわ」

「それは少し待ってみよう」

羊子は瞬きした。僕は、再び襲いかかってきた吐き気をこらえ、微笑んでみせた。ゾンビに笑いかけられたような気分だったろう。

アパートの前に車が着いた。羊子の腕を借りて階段を昇った。

キイを渡すと、羊子がドアを開けてくれる。ブーツを脱ごうとかがむと、わき腹に激痛が走った。唇をかんでこらえた。これ以上泣き喚いては、名探偵の名がすたる。

「あっ、私がやるわ」

羊子が、ブーツのファスナーをおろし、注意して脱がせてくれた。

「手が泥だらけになる」

「なにいってるの」

壁に手をついて、体をひきずった。

「十分だけ待ってくれないか。背骨が凍りついているんだ。熱いシャワーを浴びる」

「ええ」

羊子はセンターテーブルに手をのばした。

「一本、いただいていいかしら」

「煙草でも酒でも、好きなものをやっていてくれ。シャワーから出たら、この先の作戦を話すよ」

バスルームに入り、スイングトップ、シャツを脱いだ。Tシャツを脱ぐときは、アバラがもろにひっかかり、蛇口にかみつきそうになった。鏡で殴られた場所を点検した。

わずかに赤らみ、腫れて、熱を持っている。明日になると、熟したカシスのような色になるだろう。ときには、現実から目をそむけることも必要だ。

熱いシャワーが肌にあたると、刺すような痛みが来た。頭からかぶり、じっと立っていた。わき腹の他は、固いしこりが溶けるように柔らかくなった。

寒けと吐き気がそれでおさまった。わき腹に負担を与えぬよう体をふき、バスローブに袖を通した。殴られた側の肩を上下させるだけで、鏡に映った僕の顔が百面相を演じた。

羊子はソファにかけ、煙草を吹かしていた。僕の姿を見ると立ち上がった。

「大丈夫？　お医者様に見せた方が……」

「明日、休養をたっぷりとったらいくよ」

「熱いコーヒーか何かは？」

「君は？」

「そうね。いただきます」

そろそろとキッチンの方角に向きを変えようとすると、羊子が素早く僕に回りこんだ。

「私がやるから。場所をいって」

そうした。羊子はコーヒーメーカーのスイッチを入れ、暖まるとカップに入れてよこした。

僕はソファに腰をおろした。気がゆるんだせいか、痛みが強まったようだ。

羊子が淹《い》れてくれたコーヒーに、僕はブランデーを注いだ。応急処置とまではいかないが、多少は気分を上向きにしてくれる筈だ。

背中をあずけると痛みが強まることを発見した。行儀よく背筋をのばしていれば、それほどでもない。

羊子はカップを両手で包んで向かいにすわっていた。

「煙草は?」

「もらう」

羊子が僕の唇に煙草をさし入れ、火をつけてくれた。落ちついた、無理のない仕草だった。

「本当に――」

煙を吸いこみ、コーヒーをすすった。軽く咳《せ》くと、息が止まるほど肋骨が痛んだ。

「大丈夫だよ」

僕は羊子を押しとどめていった。

「僕に襲いかかった奴らは、赤坂の『ロブロス』に巣食っている不良外人で、パパブラウンの飼い犬なんだ。パパブラウンというのは、黒人のギャングで、東京の不良外人の元締めといわれている。黒人なんだけど日本国籍を持っていて、東京や横浜の不良外人たちは、皆、その息がかかっているといっても過言じゃないだろう」

「二人組はコウさんのことを知ってて襲ってきたの?」

「勘だけど、多分ちがうと思う。僕は昔、〝パパブラウン〟の紹介でやってきたハーフの傭兵《ようへい》の仕事をしたことがある。彼は、〝パパブラウン〟が僕のことを知っている、といっていた。会ったことはないけれどね」

ダック——片腕の黒人。

今はいない。肩につける星を夢見て、小さな酒場での撃ち合いに命を落とした。

「じゃあ、コウさんは、お兄ちゃんを捜している、という理由だけで?」

「そうだろう。本気で殺すつもりなら、あっさり片をつけられていた筈さ。何者かはわからないが、とにかくうるさく嗅《か》ぎ回る人間を追っぱらおうとしたのだろうね」

こずえは、僕の名刺を彼らに渡したのだろうか、と思った。おそらく、僕の名前すら告げていないだろう。

だからこそ、あの二人組は財布を抜いていったのだ。今は僕の名前を知ったわけだ。

ダックは、〝パパブラウン〟が、僕のことを高く評価しているといった。〝パパブラウン〟が、いかに僕を尊敬しようと、その気になれば僕を殺すことにためらいを感ずる良心の持ち主ではないこともわかっている。

「そんな人がなぜ関わっているのかしら」

「理由はふた通り考えられる」

僕は空になったカップを置き、そうっと息を吸いこんだ。

「ひとつは、『ターシュ』のママが〝パパブラウン〟とは単なる知りあいで、僕を追っぱらうためだけに、あの白黒コンビの出動を願い出たというもの。

もうひとつは、沢辺の失踪《しっそう》そのものに、〝パパブラウン〟も関わっていて、『ターシュ』のママの身辺を嗅ぎまわった人間に、自発的な警告を下したというものだ」

「コウさんは、どちらだと思うの？」

「噂《うわさ》だけど〝パパブラウン〟は、それほど自らトラブルを好むタイプではないらしい。『うるさいのがいるからちょいと兵隊を回してくれない？』といわれ、『ほいきた』と動くような人間ではないと思うんだ。それに、このところ彼は世間にその存在を知られすぎている。簡単な理由で動く相手ではないよ」

羊子は両頰をふくらまして、カップを見つめた。

「いったい、お兄ちゃんの身に何が起こったのかしら」

「そいつをこれからじっくり確かめてやろうと思うんだ。少しばかりしんどい思いはしたけれど、『ターシュ』のママの他に、〝パパブラウン〟という手がかりが入ったからね。〝パパブラウン〟は、でっかい木だけど、揺さぶればかならず実が落ちてくる筈だ」

「でもそんな危険な人を相手にして、コウさんがまた怪我《けが》をしたらどうするの」

「何ていうのかな。意地なんだ。僕は人捜しを仕事にしている探偵だし、訊《たず》ね歩くのが商売だ。もし、その過程でごついのが現われ、僕を踏んづけて、手を引け、と嚇《おど》される。それに屈していたら、僕は探偵をつづけられなくなるよ」

「でもこれは仕事じゃないわ」

「仕事じゃなくても、一度ひっこめば、自分の中に思いが残る。そんな大きな思いを背負ったまま生きていけるほど、僕の心臓はタフじゃないんだ」

「そんなこと……。私が神戸に連絡すればすむことなのよ。父は、そういった人たちを何人も知っているわ。その人たちに頼めば――」

　僕は手を上げた。

「なぜ仕事じゃないのに、僕が動いているか。そりゃ君の歌が大好きだし、君とのデートがこの上なく楽しいと思っていることもある。けれど、まず第一番に、沢辺は僕の友だちなんだ。仲間なんだよ。このしょうもない街で、数少ない、腹をぶちあけられる仲間なんだ」

羊子が僕を見つめた。わずかに目が腫《は》れ、髪が乱れていた。それでも十二分に魅力的だった。キスするなら、今がチャンスなのだが、と思った。素早く体を動かせられれば、の話だ。

僕は肩をすくめた。途端に肋骨が疼《うず》き、後悔した。

「だから――なのさ」

羊子はまだ無言で僕を見ていた。それからすっと立ち上がった。大股で二歩、僕の前に立った。

唇が押しつけられた。コーヒーの匂いがした。一度唇を離し、僕の目をのぞきこんだ。かすかに首を振った。

「お兄ちゃんは、幸せな人だわ。こんなに素敵な仲間に恵まれて」

「かわりに歯が浮くよ」

唇が再び押しつけられた。

羊子が離れると、痛みをこらえて咳《せき》ばらいした。羊子が、黙っていてというようにさし指を僕の唇にあてた。

そっと僕の胸にキスをした。

「見せて、傷」

バスローブの前を解《ほど》いた。

殴られた場所の変色が始まっていた。優しく触れた。

「痛む？」

「少しね。明日、病院に行ってテーピングをしてもらう」

「折れてるの？」

「多分」

眉をひそめた。彼女の手が膝の上にあった。温もりが伝わり、僕の体の中で熱になった。僕は溜息《ためいき》をついた。

「ベストコンディションというにはほど遠いな」

羊子は微笑した。

「大丈夫よ。ベッドルームは向こう？」

頷《うなず》いた。

「横になった方がいいわ」

彼女の目をのぞきこんだ。真剣なまなざしをしていた。

「心配しないで。誘惑しないから」

「残念だ」

心をこめていった。声がかすれていた。

羊子の肩を借りて寝室に行き、横たわった。

「明日、あなたを病院に連れていくわ」

「自分で行く。君には仕事がある」

「お願い。そうさせて」

その方がたやすかった。何よりも、どれほどもそうしてもらいたかった。だがいった。

「ここで甘えると、甘え放しになる。今はタフガイでいさせてくれないか」

ひと吹きで倒れる、もろいプライドの壁にすがっていた。

羊子はそれを感じとった。目を瞠《みひら》き、頷くと、僕の枕元から立ち上がった。

「でもお願い、連絡だけはして……」

「約束する」

羊子が立ち去ると、この上なく幸せな気分で天井を見上げた。無論、錯覚だ。羊子は、感謝と同情の気持を表現したにすぎない。

だがそれでも、立派な鎮痛剤の役割りを果たしていた。

その効果が切れぬうちに、眠ることにした。


昼過ぎに起きた僕は、タクシーで虎ノ門にある整形外科へ向かった。これで幾度目か、僕の体をつぎはぎしている、初老で無口な医師が、僕のレントゲン写真を撮り、テープを巻き、注射をうった。やはり肋骨《ろっこつ》は折れてはいるものの、肺につき刺さってはいなかった。

「無理な運動さえしなければ、しばらくで治ります」

内臓については何もいわなかった。専門外だからなのか、危険がないからなのかはわからない。不快な圧迫感や、吐き気という自覚症状がないので、楽天的な展望を持つことにした。

病院の隣が、早川法律事務所のビルだ。古めかしいが、由緒を感じさせる建物で、全体が事務所の持ち物になっている。ただし、オフィスとして使われているのは、六階と七階だけで、あとは他企業への貸しフロアになっている。

六階にある調査二課のオフィスに昇った。三時を過ぎ、連絡中継係をのぞけば、オフィスには課長ひとりしか残っていない。この数年で、二課員は二十名を越した。全員が、それぞれの調査方法を持ち、独得の勤務体系を維持している。

正面のデスクにかけた課長が顎の下で両手を組み、入ってきた僕を見つめていた。はた目には、退屈でぼんやりしているようにうつる姿だ。

六十歳を過ぎてから、服装の趣味がわずかだけ変化したようだ。この二〜三年のことだ。

以前は、茶か灰色のスーツしか着なかった。シャツはいつも白だ。ネクタイも決して独自の存在を主張するような色は選ばなかった。

それがときおり、カラーのシャツを着たり、紺のダブルを着たりするようになった。口の悪い二課員たちは〝狂い咲き〟と呼んでいたが、僕はむしろ、彼が枯れた証拠であると思っていた。

半白の髪をオールバックにまとめ、無口で部下の仕事内容に口を出すことは滅多にない。元警視庁刑事課長で、法律事務所の〝社長〟である早川弁護士とは旧友だと聞いた。桜田門のOBであるというだけで、彼がこの地位にいるとは、二課員の誰も思ってはいない。

地味な初老の男であるが、その管理能力は決して地味ではなかった。いつ、いかなるときも部下の置かれた状況と立場を把握している。万一のときは、いくらでもそのバックアップを信ずることができるのだ。

僕は彼と初めて会ったときのことをまだ覚えている。日本に戻り、大学時代の悪友どもがやっていたインチキプロモーションに出入りしていた頃だ。

突然に、僕の家を訪ね、手紙をさし出した。父から彼に宛てたものだった。

家の中は荷作りされた家財道具で、足の踏み場もなかった。その半数以上が、古道具屋か粗大ゴミの捨場に向かう運命だった。

前の晩、その家で仲間と飲んだ。彼らが帰ったあとも、ひとりで飲みつづけた。若さからか、感傷からだったのか、今ではよくわからない。

その日、課長が現われたのは、昼少し前で、それによって僕は目を覚ましたのだ。えらく天気が良く、日の光が眩《まぶ》しかったのを覚えている。

二日酔いでいいあうのは面倒だった。インチキ企業にも嫌けがさしていた。名刺をもらい、とにかく考えさせてもらう、といった。

課長は笑顔を見せなかった。といっていやいや会いに来たという風でもなかった。淡々としていた。

数日後、僕は彼の名刺の番号を回し、この仕事に入った。

課長は、僕が世話になることを決めても、喜ぶ様子を見せなかった。ただ、

「そうか。決めたのかね」

と頷いただけだった。

特別扱いはされなかった。調査のイロハを僕に教えたのは、課長ではなく、その後早川法律事務所を辞め興信所を開いた河島《かわしま》というこれも元警官の課員だった。河島さんは、独立後まもなく、刑事時代の検挙者に車ではねられて死んだ。

単なるひき逃げとして迷宮入りしかけたその事件を調べあげ、犯人を警察にひき渡したのが課長であると、僕はあとになって知った。

勤め始めて九年、じき十年になる。その間、彼と僕の距離が一歩として縮まったとは思わなかった。ただ最近考えるのは、距離をおいていたのは僕ひとりで、課長は初めか

ら、言葉にこそ出さないが身内のような気持を抱いてくれていたのではないだろうかということだった。

「休養充分、という顔じゃないな」

課長が僕をしばらく見つめたあと、呟《つぶや》いた。僕は頷いた。

「肋骨を折りました。すいません」

瞬きした。彼にしては珍しい感情表現だ。

「誰がやった？」

「〝パパブラウン〟の手下です」

「赤坂で暴れたのかね？」

首を振った。

「〝パパブラウン〟の友人を少し怒らせたようです」

「ほう？」

沢辺の話をするべきかどうか迷った。休暇の延長を申し出るつもりだった。

課長がにやりと笑った。

「何を企んでる？」

「本物の休養を」

「信じる証拠はあるな」

「長くて一週間。いいですか?」

「構わんよ」

老眼鏡をデスクから取り上げ、顔にかけた。書類に目を向ける。

僕は踵《きびす》を返した。

「佐久間君」

課長がいった。ふり返ると、下がった老眼鏡から上目遣いに僕を見ていた。

「毒蛇には、臆病ゆえにやたら咬《か》みつくものと、獲物を狩るときと身を守るためだけに咬むものの二種類がいる。えてして、後の方が猛毒を持っているものだ。気をつけたまえ」

僕は静かに頷いた。

5

こちらが会いたいと望んだところで、〝パパブラウン〟があっさり会えるようなタイプの人間でないことはわかっていた。

彼には権力があり、金があり、そして無数の家がある。伝説があり、危険の匂いもつきまとっている。どんなささいなことでも、彼に関する発言は、彼の耳を避けて通らないだろうが、リアクションがあるとは期待できない。

僕は〝パパブラウン〟に会わなくてはならなかった。

そのためにはどうすればよいのか。〝パパブラウン〟の息がかかっている店で、彼に会わせろと喚いたところでつまみだされるのがオチだ。

オフィスを出ると、タクシーで六本木に向かった。奪われた財布には現金と身分証が入っていた。免許証もその中だ。万一、僕の車がレッカー移動されていた場合、罰金とともに盗難届けも出さなくてはならない。

車は幸運にも元の位置にあった。ただしステッカーが貼られている。それを破りとると乗りこんだ。片岡こずえの尾行をつづける気はなかった。監視がばれた今、意味がない。

彼女はそれだけでも僕の鼻面をとって、プロの〝殴り屋〟のもとにひきまわすことができるのだ。

はがしたステッカーを助手席において発車した。駐車違反はこれで幾度目だろうか。

警察は、刑事の張り込みとちがい、探偵の違法駐車を見逃してはくれない。かつて、尾行をしていた相手が車に乗ったので、自分もそうしようと戻ったら、レッカー移動で車が消えていたなどという、笑えない出来事もあった。

罰金は必ず払うようにしている。悪質違反者として免許をとりあげられては、思うように調査ができなくなるからだ。

信号で止まり、ステッカーを見つめた。貼られた時刻は、今朝の五時過ぎだった。自転車で巡回する警官に貼られたのだ。

いくら凶悪犯の検挙に協力したところで、駐車違反のお目こぼしを願えるほど、日本の警察は、融通のきく組織ではない。

溜息をついたところで、計画を思いついた。痛めつけられたからといって、警察権力に泣きつく気持はない。だが、警察権力の別な使い方で、〝パパブラウン〟にこちらの意志を伝えることはできるかもしれない。

とりあえずアパートに向かった。駐車場に車を置くと、午後四時を回っていた。階段を昇る前に、郵便受をのぞいた。ダイレクトメールや新聞などに混じって黒いものが見えた。

財布だった。中を改めた。昨夜来、何ひとつなくなっているものはない。現金もそのままだし、名刺や身分証も入っている。

戻してきたのは、第二の警告の意を含んでいるのだろう。彼らは、僕が〝パパブラウン〟の存在に気づいているとは知らないのだ。知っていれば、このような警告の方法はとらなかったにちがいない。

財布をポケットに入れ、階段を上がった。激しい動きさえしなければ、テーピングのおかげで肋骨《ろっこつ》に痛みを感じずにすむ。医者は、それでも痛んだ場合に備えて、鎮痛剤をくれていた。

部屋に入ると窓ぎわのチェアにかけ、電話機をひきよせた。

皆川課長補佐を別にして、警察官の知りあいを、僕は数人持っている。これは、職業上の知りあいである。彼らは皆、所轄署の少年課に勤務している。若者の失踪人調査を仕事にする僕が無縁ではいられない相手なのだ。

三つの警察署に電話を入れ、三人の警官と話した。ときには彼らに助けられ、ときには彼らを助けている。そういった意味で、彼らは、僕の話を鵜《う》呑《の》みにはしないまでも、耳は傾けてくれる筈だった。事実彼らはそうした。その上で、後でもう一度連絡を入れることを条件に、僕の提案を呑んでくれた。

警官たちとの話がすむと、僕は再びアパートを出た。腹がペコペコにすいていた。用心のために朝食をぬいたせいだった。内臓が大丈夫となれば、遠慮する必要はない。おまけになくしたと思った財布も戻ってきたのだ。

赤坂に向かうと山王下《さんのうした》の駐車場に車を入れ、赤坂三丁目の方角に歩いていった。時間がまだ少し早いせいか、雑居ビルが並んだネオン街は、ひどく意気地のない雰囲気がある。

一軒のビルの前で足をとめた。テナントの大部分が酒場で、それを表示する看板にも、まだ灯りが入っていない。

五階に『沙仁異』という名を見つけた。小さく「ステーキハウス」と出ている。昔馴《な》染《じみ》がやっている店だ。少し時間は早いが、食べさせてくれる筈だ。それにこの店でなければならない理由もある。

カゴに積まれたおしぼりの山をさけてエレベーターに乗ると、五階まで昇った。商売気のないスティールの扉に『沙仁異』とスプレーで文字がふきつけてある。

ドアを開いた。左側にワインラック、右側にレジスターがあり、正面の鉄板コーナーに白い制服を着たコックがふたりいた。ひとりが僕を認めた。

「すいません、五時からなんですよ」

「ママいるかな」

「コウじゃん！」

人がいないと思っていたレジスターの下から、真っ黒に日焼けした女の首がのぞいた。あいかわらず化粧が濃くて、またそれが似合う、彫りの深い顔立ちをしている。四分の一、スペインの血が混じっているのだ。

「やあ、サニー」

僕はいった。

サニーがはね戸をくぐりぬけて、僕に抱きついた。髪を切ったようだ。前は、腰まで届く長さがあった。彼女が十二の歳で『ロブロス』に足を踏み入れて以来、知っている。二十《はたち》までは、踊り子でタレント、そしてコールガールだった。

二十四の今は、このステーキハウスの女主人だ。

サニーは白のミディスカートに白のモヘアのセーターといういでたちで、僕にぶつかった拍子に、その手首のブレスレットやらネックレスがじゃらじゃらと音をたてた。

「この浮気者！　ぜんぜん顔出さないで、何してたのさっ」

尻軽で男好きで、貪欲《どんよく》だが、決して悪い娘ではない。だからこそ、芸能界から足を洗い、二十四の若さで店を持っている。もっともこの店を開く金を、彼女が十人の男を欺《だま》して出させたとしても、僕は驚かないが。

「あいかわらずさ。どうだい、そっちは？」

「もう駄目。トシだよコウ、見て」

サニーはセーターの裾をまくり上げた。

以前よりわずかだけ贅肉《ぜいにく》がついた腹部が見えた。

「もう太っちゃってさあ。やになっちゃうよお」

サニーは唇をとがらせた。

「男遊びばっかりしてるんだろう」

「そんなの！　あたり前じゃん。もうお金は貰《もら》わないけどね」

サニーは口を大きくあけて笑った。

「順調にもうけてるのか?」

「ほら、うちは大きく看板出してないじゃん。だけどその分混まないからって、ゲ、ハ、トの社用族がさ、よく来るのよ。奴ら、高きゃ高いほど喜ぶのよ。あたしが隣にすわろうもんなら、もう大変。他に店を出す気はないか、とかさ、年寄りにはもてんのよ。コウはまだ探偵やってるの?」

頷いた。

「もうやめちゃいなよ。そんなことしなくたって、コウならもっとでっかく稼げるよ。なんだったら、あたしが食べさせてあげるからさあ」

「晩飯、ちょっと早いけど食べさせてくれるかな」

「もう、言ってよう」

サニーは体をよじった。

「うちはさあ、売るほど肉があるんだから。コウなら、最高の、いつもは金庫にしまってあるお肉出しちゃうよ」

サニーは僕の手をひっぱって、奥の小部屋につれこんだ。

四角い鉄板テーブルに、凝ったサイドテーブルとバーがついている。

「ね、ね、何飲む? シャンペン? ワイン?」

「こっちはサニーほど稼いでないぜ」

「何いってんだよ、馬鹿。コウからなんてお金とらないよ。もし女連れで来たときは別だけど。目の玉が飛び出るほどふんだくってやる」

「おいおい、何てこというんだ」

「いいの、黙りなさい」

サニーは、僕の唇に素早くキスをした。

「ねえ！　グラーヴの赤、冷やしてあるやつ持ってきて。コウは冷たい方が好きでしょ」

「よく覚えてるな」

「なんたって男を知って以来のつきあいだもんね。もう十ン年前だけど」

「それじゃ俺と君が何かあったみたいだろ」

「ありゃよかったのに」

僕は苦笑した。威勢のよさやあけっぴろげなところは、昔と少しも変わっていない。コックがワインを届け、僕とサニーはそれで乾杯した。サニーは慣れた調子でオーダーを告げ、肉が焼かれ始めた。

「ガーリッククライス？　トースト？」

「トーストもらおう」

「オーケイ、サニー特製のを出してあげるよ」

「君が作るのか」

「何よ、その顔。具合いがいいのは、あそこだけじゃないんだから。料理の腕を知らないな」

「いただくよ」

サニーがいった通り、肉は箸《はし》でも切れるほど柔らかい、極上の品だった。口に入れた瞬間、溶けていくような錯覚さえ覚える。

サニー自らが焼いたガーリックトーストと、ひと抱えもあるサラダを平らげ、コーヒーを頼んだ。

「シャーベットもサービスしちゃうよ。あたしもつきあうから」

食べている間は、店の準備に戻っていたサニーが、レモンシャーベットをふたつ運んできた。

僕たちは向かいあい、レモンシャーベットにスプーンを入れた。僕は訊ねた。

「妹たちは元気かい?」

「こいつう、ステーキ食べたら急に精力が出てきたのかよ」

「そうじゃない。今でも連絡があるのかと思ってさ」

「あるよ」

サニーは事もなげにいってのけた。妹というのは、実の妹ではなく、かつてのサニーのようなハーフの高級コールガールたちのことだ。十代が大半で、多くは、金持の外国人や社用族を相手にしている。

「よく客を連れてうちに来るよ。商売のときは、貧乏人だけは相手にするなっていってあるからね」

僕は苦笑した。

「じゃあその子たちに伝えて欲しいんだ。今夜は『ロブロス』に近よらない方がいいって」

『ロブロス』は老舗《しにせ》のディスコで、そのせいか、外人客を相手にするコールガールが客を連れて現われることが多い。

「ふーん。手、はいるの?」

「まあね」

「〝パパブラウン〟家《ち》だよ、あそこ」

「知ってる」

「コウ」

「何んだい?」

「それ〝パパブラウン〟に知らせていい?」

「君は直接、〝パパブラウン〟を知ってるのか?」

「ううん」

サニーは首を振った。

「でも『ロブロス』の店長やマネージャーなら皆んな知ってる」

「それじゃあ駄目だ」

僕はきっぱりといった。

「君の妹たちの商売の邪魔はしない。だけど『ロブロス』のスタッフに知らせちゃいけない」

「何か理由があるんだね」

「ああ」

僕は頷いた。

「それをいいにここに来たの?」

「それもあるよ」

サニーの妹たちは、同じ十代でも下居美紀子のようなタイプとはまったく違う。人生の成功者の側に立つために、体をはっている。

僕はそれを理解していた。

「わかった。ありがとう、コウ」

「どういたしまして」

僕はシャーベットを平らげると立ち上がった。

「ねえコウ」

見送りに出たサニーがいった。

「今度、あたしとしない？　前に比べて落ちついたし、一度コウとはしたいって思ってたんだ」

「俺はサニーがランドセルしょってた頃から知ってるんだぜ」

「あたしだってコウが学生服《ガクラン》の頃から知ってるよ、そんなこといいじゃん」

「そうだな……考えておこう」

「もう、ケチっ」

アカンベーをするサニーの目前でエレベーターの扉を閉めた。利用したようでサニーには悪いが、やがては〝パパブラウン〟は、僕と今夜これから起こる事態がつながっていると、知ることになる。サニーは、いつまでも黙っていられないにちがいない。

食事をし、サニーと喋《しゃべ》っていたお陰で、表はもう暗くなっていた。

電話ボックスに入り、羊子に連絡をとってみた。部屋にはいなかったが、留守番電話に、行先の番号が録音されていた。

「コウさん、体の具合、どう」

事務所と覚しい場所にいた羊子は、開口一番訊ねた。

「もう大丈夫だ。きのうは少しばかり、君の気を惹《ひ》こうと思って、演技していたから」

「そんなことといって」

「沢辺からは？」

「何も。何もないの、やっぱり」

羊子の声が沈んだ。

「そうか。今夜これから木を揺するんだ。もし僕とも連絡がとれなくなるようなことがあったら、今からいう電話番号のところに電話をするんだ」

皆川課長補佐の直通番号を教えた。

「その人に、あったことをすべて話すといい。きっと何か力になってくれる筈だ」

「神戸の方へは？」

「そのときでいい。君のお父さんが動くと厄介ごとが大きくなる」

「そうかもしれない。けど、気をつけて」

「心配しないで」

「会えるといいのだけれど、今夜遅くても」

暖かさが胸に満ちた。

「おそらく、無理だと思う。でも連絡だけはとるようにする」

「そうして。お兄ちゃんだけじゃなく、あなたまで居なくなったら、私どうしていいか、わからなくなってしまうから」

「ありがとう。約束するよ」

「じゃあ待ってますから」

電話ボックスを出ると、宵の空気を吸いこんだ。とてつもなく甘く、僕の胸をふくらませる味だった。

地に足をつけるために煙草を一本吸い、考えた。

僕が知る、パパブラウンの息がかかった店は三軒だ。新宿、六本木、そして赤坂の『ロブロス』である。

今夜、僕が考えているのは、少年課の刑事を使った絨毯《じゅうたん》爆撃だ。思いきった手段だが、〝パパブラウン〟にこちらの意志を悟らせるには、これだけの〝嫌がらせ〟が必要だった。

まず、人の出が早い新宿へと向かった。新宿のディスコ『ア・ホイ』は、族の連中が多いことで知られている。アンパンの密売も中では行われている筈だ。

八時少し前に『ア・ホイ』に入り、暗い店の隅で、アンパンの売人を二人見つけ、コーラやドリンク壜にトルエンを入れた吸飲者を、少なくとも五人は数えた。独特のファッションセンスを誇示しあう客は、六割が十代で、中には中学生と覚しい連中も混じっている。客の入りは六分ほどで四〜五十人ほどだが、土曜日ならもっと増えていただろう。

終電に合わせて帰られてしまう前に、新宿署の刑事に電話を入れた。夕方の電話で打ち合わせ済みだったお陰で、彼らは十分と待たないうちに現われた。

明滅していたストロボライトが消え、鳴っていたスティービー・ワンダーが途切れる。ステージで動きを止めた若者らがいぶかしがる暇もなく、場内に煌々《こうこう》と照明が点《とも》った。

四人の刑事が制服警官をひきつれて入りこむと、客の全員が集められた。

「なんだよー、お巡りは関係ねえじゃねえかよ」

「帰れよお、マッポよお」

「何すんだよ、触んなよ、スケベ！」

少年や少女が騒ぐ中で、身体検査が行われ、未成年の喫煙、飲酒による補導が始まった。

刑事たちは、吸入ポンプのガス検知管も携行していた。揮発剤の気化ガスをその場で探知する装置だ。

半数以上の客が、補導、または検挙された。当然、店側の人間も、未成年者への販売を理由に逮捕された。営業停止処分はまちがいなく、再開後も、しばらくは客がよりつかないことになるだろう。

「てめえがチクったのか、この野郎。覚えてろよ、ぶっ殺してやっからな」

トルエンの缶を植木鉢に隠して、逃げようとした密売人が、僕の指示で逮捕され、罵《ののし》りの声を上げた。つかみかかろうとして、とりおさえられる。僕はじっと彼に目をすえていた。報復を怖れては、今度のような手段はとれない。

護送バスに彼らが詰めこまれ、走り去ると、僕は知りあいの刑事に頷いた。

「珍しいな、どうしたの。普段は、未成年の補導に反対しているくせに」

誰もいなくなったフロアで、野上《のがみ》という、その新宿署の刑事が歩みよってきて訊ねた。

「つい最近、この店に仕事で来たんです。あんまりひどいから」

「アンパン?」

野上は、僕の顔をのぞきこんだ。

「ええ」

「そう。うちも、この店は、前からリストに挙がってはいたんだよ。予想したより悪質だったけど」

「もう行ってもいいですか」

「コーヒーでも奢《おご》るよ」

「いや」

僕は首を振った。

「まだ二軒あるんです」

「うちの管轄？」

「いえ、麻布と赤坂」

「どうしたんだい、急に。良心に目ざめたの？」

「そのようなものかな」

野上は目を細めた。まったく信じている様子ではなかった。

「まあいいや。協力ありがとう。行ってくれていいよ」

僕は頷いて店を出ていった。少しだが、自己嫌悪を感じていた。今夜したことは、今までの警察への協力とはわけがちがった。いわば、卑劣な密告者を演じることだった。それが僕の気を重くしていた。

六本木は、黒人が集まるので有名な店だった。ここでは、売春婦が数名と、コカインとナイフの不法所持者が逮捕された。補導を受けたのは、いずれも女の子で、中学三年と高校一年が混じっていた。

午前一時を少し過ぎた頃、赤坂に戻った。三軒とも同じ夜のうちでなければならなかった。明日になれば〝パパブラウン〟は、傘下の店のうち二軒が手入れを受けたことを知り、未成年者や売人を締め出す処置をとるだろう。それでは意味がない。

『ロブロス』は、時間的なピークを迎え、ひどく混みあっていた。客の三分の一が外国人で、アラブの成り金風から、黒人のＧＩまであらゆる階層が入り混じっている。
女性客も、一般学生だけではなく、タレントやモデル、歌手といった芸能人が多い。学生は、私学の名門女子大に附属する高校の生徒が大半を占めていた。昔からそうなのだ。

僕自身、高校、大学を通じて、幾度となく足を運んでいる。

地下一階と地下二階に分かれていて、ステージは地下二階にあり、その部分は吹きぬけになっている。入口も地下二階にあるが、常連客は、むしろボックス席の集中する地下一階に集まってくる。

そこの客は大半が、十代か売春婦（夫）か、麻薬中毒者か、といった法を犯している者ばかりだ。ときには、ここで大使館付きの情報員が、スパイから情報を仕入れていることもあるという。ＣＩＡの御用ディスコだという、まことしやかな噂が流れたこともあった。

サニーからの警報が届いたせいか、プロの売春婦らしい十代のハーフ少女は数が少なかった。無論、全員というわけにはいかない。サニーは、僕との約束通り、自分の身内だけにしか知らせなかったようだ。

地下一階のトイレにはマリファナの匂いが充満していた。僕が学生の頃は、フロアでおおっぴらに吸ったものだ。少しは〝自粛〟しているのかもしれない。

僕を襲った白黒のコンビはいなかった。一応の用心のために、数日間は顔を見せないつもりなのだろう。

二時少し過ぎに、警官が入った。風俗営業法にもひっかかる時間だ。

「良家の子女」が八人、タレントが二人、売春婦が十七人、麻薬の不法所持者が四人、といった具合いだった。売春婦たちは、刑事とほとんどが顔馴染《なじみ》だった。目の前で客をひいたわけではないので、年齢さえ成年に達していれば、すぐに放免される筈だ。

僕は、ここでもたっぷり顔を売った。

正義の味方、公序良俗の鑑、冒険を求める青少年の裏切者、佐久間公だ。ひっぱられた客のひとりで、売春夫の少年が唾《つば》を吐いた。彼は、僕の顔見知りだった。

「人捜しのコウか、笑わせるぜ。タレ込み屋のコウとか、チックリの公と名を変えたらどうだい」

白々と明るくなったフロアで、僕は、連れ去られる彼を見送った。居残った従業員が、僕をにらみつけていた。さすがに警官の前でくってかかるような真似はしない。

すべてが終わったのは午前三時だった。〝パパブラウン〟は、自分の息がかかった店三軒で何が起こったか知った頃だ。そしてなぜそうなったのかを調べていけば、僕につきあたる筈だ。

それほど時間はかからない。

疲れきった体で車を六本木に走らせた。駐車場に車を預け、沢辺とよく足を向けたバー『サムタイム』に身を運んだ。

「公ちゃん、久し振り」

僕の顔を見ると、顔見知りのバーテンダーが寄ってきた。

「久し振りでもないだろう。ついこの間、沢辺のことを訊きに来たよ」

「あのときは飲まなかった」

一瞬、語気が荒くなった僕に、バーテンダーはやんわりと返した。

「そうだね。悪かった」

「いいよ。なにを飲む？」

「沢辺のボトル」

バーテンダーはにやりと笑った。

「沢辺ちゃん、いっぱい入れてるよ。ヘネシーのX・O、オールドクロウ、タンカレージン」

「じゃ、ドライマティニに、オンザロック、最後にX・Oのストレート」

世界中が僕を糾弾しているような気分だった。店の隅々にいる若い客が皆、正義漢ぶる僕に白い目を向けているような気がした。

バーテンダーは肩をすくめて、ミキシンググラスをとり上げた。氷にベルモットの香りをつけただけのドライマティニを作る。それをふた口で飲み干した。

羊子の声を聞きたい、と思った。かつてはこんなとき、僕のそばには悠紀がいてくれた。優しく、力強く、そしてジョークが好きで、僕に活力《ちから》を与えてくれた悠紀がいてくれた。

今は遠すぎる。笑顔を思い出すことはできる。愛を交したときの表情や声も、脳裏に焼きついている。

その年最初の毛皮のコートを着る日は、必ず空を見上げ、

「雪よ、降れ」

と呪文《じゆもん》を唱えたものだ。

僕が撃たれ、死にかけたとき、病院で二晩を徹夜してくれた。人の気持を和ませ、そして明るくする、天賦の才能を持っていた。今いなくては、永久にいないのと同じなのだ。

心のどこかで、僕は覚悟していた。悠紀がもう二度と戻ってはこないかもしれないと思っていた。かわりに僕は羊子を得るのだろうか。

冷えたバーボンに喉《のど》を焼きながら考えた。

それでは羊子は、悠紀の身代わりなのか。僕は、自分を力づける女性がいなくては、生きてゆけないのか。それほど弱い人間なのか。

探偵でなければ、これほど救いを求めずにすんだのだろうか。

悩むのは馬鹿げていた。探偵になったのは自分の意志だし、少なくともきのうまでは、ある種の誇りすら抱いてきた。他の職業につきたいと思ったことはなかった。父の会社に入ることは、それがたまたま目前にある道であったからに過ぎなかった。二課長が、僕の前に現われなければ、今の酒はなかったろう。だが、他の、今までの九年間飲んできた、ありとあらゆる、うまい酒、苦い酒もなかった。そして、それを、どうしても嫌だと思ったこともなかった筈だ。

仮定を人生に持ちこむことは馬鹿げている。そして、その仮定が、自分だけではなく、もうひとりの〝誰か〟を必要とするならば、尚更だ。

そんな仮定は、決してしてはいけないのだ。その仮定は、夢は生む。だがそれが潰《つい》えたとき、ただひとつの夢だけでなく、他のすべてをつき崩すことになる。人生に対するフォームを、崩すことになる。

ブランデーを空け、店を出た。どれだけ飲んでも、気持よく酔うことはないとわかっていた。醒めた頭で飲みつづけ、不意に泥酔が襲ってくる。〝ほろ酔い〟はない。

駐車場に向かって歩いた。飲酒運転をするのだ。未成年者の飲酒や喫煙を指摘した人間が、同じ日のうちに、ジンとバーボンとブランデーを飲んで、車を運転するのだ。

自分を蔑《さげす》んだ。

どうしようもない気分だった。立ち止まり、踵を返し、もう一度バーに駆けこみたかった。

かわりに手を上げた。目ざとい空車がすり寄ってきた。

僕は、自分の良心の疼《うず》きを、一晩分の駐車料金と、大回りをすることになったタクシー代でまぎらわしたのだ。

最低の夜だった。

電話の音で身を起こした。反射的な動作で肋骨が悲鳴を上げた。ベルは数度鳴ってやんだ。留守番電話が作動したのだ。

体をシーツの上に戻し、煙草をとりあげた。ブラインドの向こう側は明るい。ベッドサイドの時計は十二時過ぎをさしていた。

煙草を吸い終えると立ち上がり、コーヒーメーカーのスイッチを入れた。パジャマを脱ぎすて、バスルームに向かった。

疲れとは別の、不快な感覚が体中にわだかまっていた。首のうしろが重く、血圧がひどく上昇しているような気分だった。

ぬるめのシャワーを出して、頭からかぶった。ほとばしる湯の下で歯を磨き、うがいをした。目の粗いタオルで全身をこすると、ようやく手足が胴体につながっているという感じが戻ってきた。

濡れたテープにバスローブを押しつけて、水分を吸いとらせた。チェアにすわりコーヒーを飲んだ。心を閉ざしていた。何も思い出さず、予想もしない。起こしたこと、これから起きるであろうことを忘れた。

最初の一杯目を飲み干すまでは、それは成功した。二杯目を淹《い》れにキッチンに立ったとき、包丁を見て、考えが変わった。

パパブラウンはどう動くか。彼にとってはそれほどの痛みではないだろう。不快には思うだろうが。

あくまでもつづける。何度でも、彼の息がかかった場所に足を運び、僕が黙っているつもりはないことを彼に知らせる。

沢辺の行方をつきとめるまで。

電話が鳴った。

受話器を取り上げた。ときおり、僕が情報を仕入れる、組関係の人間だった。事務所は六本木にある。

「公さんかい」

「そう」

「あんた何をおっぱじめたんだ。みんな戦々兢々《きょうきょう》としているぞ。次にやられるのは、自分のところじゃないかってな」

僕は虚ろな笑い声を上げた。やくざはむっとしたようにいった。

「〝パパブラウン〟の身内の店ばかり、たてつづけに三軒、挙げさせたそうだな。奴と戦争をおこす気なのか」

「ひょっとしたら」

「やめとけよ。あいつはハンパじゃない。いくらあんただって消されちまうぞ」

僕は答えずに、煙草に火をつけた。

「とにかく、俺があんたとツナガリだってんで、訊《き》くように頼まれたんだ。今後も、あんな派手な真似をつづける気なのか」

「パパブラウンの身内の店ならね、他は関係ない」

「いい度胸してるな。本当にいい度胸だ。ほっとする奴もいるだろうよ」

「よろしく伝えてもらうよ。その人たちに」

「まったく……あきれたぜ」

電話は切れた。

留守番電話を再生した。同じような立場の人間からのものが二本、入っていた。質問、懇願、警告、といった具合だ。

朝食を摂った。スパゲティをゆで、ニンニクと鷹の爪でいためる。〝パパブラウン〟

の部下が再び襲いかかってきたら、息を吐きかけてやろう。退散する筈だ。

ドアに鍵《かぎ》をかけ、暗くなるまでを部屋で過ごした。『イージーライダー』は飽きていた。

かわりにビデオに収録してあったゴルフトーナメントを見た。沢辺に、ゴルフだけはかなわなかった。ドライバーはいつもアウトドライブされた。パッティングの名手で、ボール捜しの名人でもあった。

人を捜すのはうまいくせに、ボールとなるとからきし駄目だな――よくからかわれたものだ。

ビデオに飽きると本を読んだ。結局は無駄だった。目が活字の上をすべっていくだけなのだ。内容は何ひとつ入ってこない。

七時を過ぎた頃になると、空腹を感じ始めた。食べてすわって、他には何もしていないのに、胃袋だけは順調に、その義務を全うしているのだ。

アパートを出た。駐車場に車を取りに行くつもりだった。皮のブルゾンの襟を立て、タクシーを拾うために、表通りまで歩いていった。

ホテルの裏手にある駐車場に到着すると料金を払った。あとを尾けてくる人間も、襲いかかろうとする外国人もいなかった。

車に乗りこんだ。ライトをつけ、イグニションを回す。

ライトの光芒《こうぼう》の中にシルバーグレイの車体が浮き上がった。駐車場に進入してきて、僕の車の前を塞《ふさ》いだのだ。

ハンドルにかけた手が凍りついた。

メルセデスの500SEL、沢辺の車だった。

遠せんぼをしたメルセデスから、男がひとり降りたった。仕立てのいいスーツを着こなした日本人で、ハーフかと見まがうほどの彫りの深い容貌《ようぼう》だった。長身で、物腰も洗練されていた。年は、三十代の半ばを過ぎている。

僕はドアを開け、車から飛び出した。

男は僕と向かい合った。

「佐久間、公さんですな」

「あなたは?」

「ブラウンの使いの者です」

彼を見つめた。黒人のギャングの使い走りをするような人間にはとても見えなかった。声はバリトンで、教養を感じさせる深みがあった。

「それで……?」

思い直して僕は訊ねた。

「お迎えにあがりました」

監視をしっかりうけていたのだ。気づかなかった自分を呪《のろ》った。

「どこへ連れていくのです？」

「無理に、とは申しません。ブラウンの許へ」

男はいんぎんな笑みを浮かべていった。

「その車は、沢辺のものだ」

男は頷いた。

「彼は今、どこです？」

「私は存じません。ブラウンがお話ししたいというので、いわれた通りこの車で参っただけです」

「おとといの晩のコンビはどうしました？」

「は？」

本当に知らないと思わせられるほど、見事な演技だった。男は、心もち首を傾け、僕を見つめた。

「……いかがなさいます？」

大きく息を吐いた。これを待っていたのだ。何をためらうことがあるだろうか。

「行きましょう」

「どうぞ」

男はメルセデスの後部席のドアを開いた。

乗りこんだ。車の中は、沢辺と別れた金曜以来、何ひとつ変わっていなかった。かすかに、沢辺が使うダンヒルのコロンの香りがした。

血痕《けっこん》は疎《おろ》か、争った跡すらなかった。

「参ります」

男は運転席にすわると、ドアを閉めた。

メルセデスは、再び駐車場に置き去りにされた僕の車を残して発進した。

「どこまで行くのです?」

「ブラウンのフラットのひとつです」

「あなたは彼の秘書ですか?」

ルームミラーの中で、男の目が笑った。

「ただの運転手です」

メルセデスは六本木を抜け、広尾に出ると明治通りに入った。渋谷《しぶや》に向かって進み、途中で左折する。

代官山の高級住宅街が迫ってきた。駅を過ぎ、駒沢通りを渡る。

停止したのは、高層マンションの前だった。男は、メルセデスのエンジンをかけたまま運転席を降りたった。僕の側のドアを開き、促した。

「どうぞ」

ガラスの自動ドアが前にあった。堅牢《けんろう》な建物だ。飾りけがなく、どっしりとしていて、表通りに存在を誇示するような類ではない。

本物の金持が都心部に隠れ家を求めると、このようなマンションを選ぶのだろう。

自動ドアをくぐるともうひとつ扉があり、境にインターホンがあった。男が受話器を取り、並んだボタンのひとつを押した。

「私です。お越し頂きました」

奥の扉が音もなく開いた。分厚いカーペットと柔らかな照明、エレベーターホールが目前に広がった。

男が受話器を戻し、僕に向き直った。

「あちらのエレベーターで十階までお昇り下さい。お待ちしております」

踵《きびす》を返して、表に出ていった。僕の方角には、もはや一瞥《いちべつ》もくれようとはしなかった。

建物の中は静まりかえっている。

僕は廊下を進み、エレベーターのボタンを押した。背後で、扉が音もなく閉まった。

エレベーターが開いた。乗りこむと、「9・10・11・12」の四つしかないボタンのひとつ、「10」を押した。

箱は上昇した。掌に汗をかき、喉《のど》が渇いていた。静けさに圧迫感を覚え、恐怖がわずかずつ背筋を這《は》い昇った。

エレベーターが停止し、扉が開いた。

すでにそこが部屋だった。男がふたり、部屋の両端にあるチェアにすわっていた。中には何もおかれていない。ふたりとも黒人で、見たことのない顔だった。右側が四十代でおそろしく太り、左側は小柄な二十代の若者だった。若者の方は、身ぎれいな、明るい色のスーツにネクタイを結んでいた。

若者が立ち上がった。

「ミスタコウ?」

頷《うなず》いた。

「オーケイ、カモン」

首を傾け、自分の側の壁にあるドアのノブに手をかけた。僕は反対側の巨漢を見やった。立ち上がろうともせず、自分の側のドアを守るかのように、胸の前で太い腕を組んでいる。のっぺりした無表情な視線が返ってきた。

「ヘイ、カモン」

若者がじれたようにせきたてた。

ドアをくぐると、純白のシャギーがしきつめられた部屋だった。二十畳以上はある。

中央に巨大な応接セット、正面にバーカウンターが備えられている。

若者はソファを指して、いった。

「シッダウン、エンド、ウエイト」

6

僕がソファに腰をおろすと、若者は部屋を出て行きドアを閉めた。

改めて見回してみると、入ってきたときには気づかなかった別の扉が、壁の反対側にあった。かたわらには八十号はありそうな油絵がかかっている。濃いグリーンを色調にした、白馬の絵だ。

バーカウンターの向こうに夜景が見える窓があった。何の変哲もない住宅街だ。ネオンが瞬き欲望の瘴気《しょうき》が立ち昇っているわけでもない。静かで、落ちつきすぎている。

パパブラウンという怪物には似合わない場所だ。

エレベーターの中で感じた恐怖や圧迫感は不思議に消えていた。気持が澄み、ひらき直りに似た平静な気分で、僕は待った。

絵の横にある扉が開き、巨大な影が姿を現わした。紫に近い黒い肌を持った巨漢だった。年齢の見当はつかない。二メートル近くある。白いものが混じった髪は、小さめのアフロに固められている。絹のようになめらかなシャツを着て、ストライプの派手なスラックスをサスペンダーで吊《つ》っている。

四十、いや五十はいっている。顎《あご》の下がたるみ、汗のような輝きがあった。入ってくるとまず部屋を見回した。

黒人の巨漢は指輪のはまった手で扉を閉め、僕に向き直った。小さな、白い目が、冷たく僕を見つめた。彼は、必要以上に長く、僕を見ていた。

やがていった。軋《きし》むような声だが、流暢《りゅうちょう》な日本語だった。

「なぜ、私の店に警官をさし向けたのか」

単刀直入だった。前置きはなしだ。僕は彼を見返し、いった。

「あなたに、こうして会うためだ」

「メッセージだというのか」

「そうです」

「なぜ」

「僕は友人を捜している。その過程であなたの部下に襲われた。『ロブロス』にいつもいる二人組だ。彼らが小遣い稼ぎのために僕を襲ったのではないことはわかっている。あなたが命じたのだ。その理由を訊きたかった」

パパブラウンは瞬きした。紫檀《したん》のような色をしたその顔には、いかなる表情も浮かんではいなかった。

「君が捜している友人というのは、何という男か」

「沢辺。今日、僕を迎えに来た、あなたの運転手が使った車の持ち主だ」

「なるほど」

彼は素っけなく頷くと足を踏み出し、僕の向かいに腰をおろした。それだけの巨体を持ちながら、妙に無駄のない身のこなしをしている。彼が実戦で成り上がったギャングだということを考えれば、納得のいく動作だった。

本皮を張ったソファが〝パパブラウン〟の体重を受けて、呻《うめ》き声をあげた。〝パパブラウン〟は体の位置を安定させるように、一、二度腰を動かすと、ゆっくり身をのり出した。

「サクマ・コウ。君がとても優秀な探偵だということは誰でも知っている。私も知っている。その君が、私に対してとった行為は、ひどく君らしくない。好意的ではなかった」

「好意と僕らしさは別でしょう」

不意に喉の渇きを覚えた。ブラウンは首を振った。

「私と君、今までは摩擦はなかった。君は君のビジネスをし、私は私のビジネスをしてきた。平和な関係だ。それを君は、破った。覚悟して、破った」

訊いているのではなかった。断定しているのだ。

「あなたの手下が、僕の肋骨を折った。僕がそうしてくれと頼んだわけじゃない」

ブラウンの目が細くなった。口元が緩んだ。笑いには程遠い雰囲気の表情だった。

「人間は、痛みに弱い。口でどんなにタフだといっても、殴られれば痛い。苦しい。何かをして痛いと思えば、普通は二度としない。子供でもわかることだ」

「僕はわかりが悪い。痛い思いは御免だが、わからないままですますのは、もっと御免だ」

「タフね。すごくタフ。でも死なないタフガイはこの世界のどこにもいない」

僕を殺すためにここへ呼びつけたのだろうか、と一瞬、恐ろしい思いがよぎった。だが、殺すだけならばこのような手間はかけない。

「沢辺はどこです?」

答えはなかった。

「私は、君に警告を与えるため、そうした。二度としてはいけないこと、するべきでないことをした、と」

「僕だと知っていて襲わせた?」

「ちがう、知らなかった。普通の人間ならわかる、そう思った。ところが、普通の人間ではなかった。わからないこと、わからないままの嫌さと、殴られる、痛めつけられるの嫌さ、初めの方が我慢できない嫌さの人間は少ない。君がそうだった。君だとわかっていたら、無駄なことしなかった」

「沢辺はどこです」

同じ問いをくり返した。ブラウンは再び笑った。今度は、はっきり笑いとわかる表情だった。

「私の聞いている、サクマ・コウそのものだ。頑固だ。決してあきらめない。君を嫌がっている人間たちがいっていた。君はタフだと」

「本当のタフガイなら、雨の最中に、人けのない歩道橋で這《は》いつくばらずにすんだでしょう」

「それはちがう」

ブラウンは首を振った。

「五フィートの男と六フィートの男戦わせる。六フィートの男が勝つ。六フィートの男と七フィートの男、七フィートの方が強い。でも六フィートの方がナイフ持てば、六フィートが勝つ。そこへ五フィートがガンを持ってくれば、誰よりも強い。誰にも負けないタフガイなどいない。眠っているとき、空腹なとき、疲れているとき、酔っているとき、それでも強い、という人間はいない。本当のタフネスは心。心のタフな人間が一番強い」

僕を指した。

「君と争いたくはない。殺すことしか、君との争いに勝つ方法はない。けれどもし殺せば、私はもっと大きな敵と争わなければならない。日本政府や法律。戦っても勝てない敵。だから殺さない」

黙っていた。彼が口をつぐむと、ひどく静かになった。ブラウンの方が僕より、はるかに能弁だったのだ。

「沢辺はどこにいます。彼に何が起きたのですか」

「わからない。捜している。彼は、私の知り合いと一緒だ」

「一緒にいる、ということですか」

頷いた。

「何という人間です?」

「ツユサキ。私は彼の身を案じている」

「何があったんです?」

ブラウンは僕を見つめた。おかしなことだが、僕には、彼がためらっているように見えた。やがてブラウンは口を開いた。自分にいい聞かせるように語った。

「君は、本当のことを知るまで、私に対し好意的でない態度をとりつづけるだろう。私はそれを無視できる。が、無視することが、あまり賢明ではない、ということも知っている。なぜなら、今私たちが抱えている問題を、君が解明できるかもしれないから。君ならば、あるいは、そのタフな心で問題の答に行きつくかもしれない」

「あなた方が問題を抱えている?」

「そう」

ブラウンは頷いた。

「君は、私が君を知っているほど、私を知らない。私は、この日本でディスコティークを経営し、そこで働くガールをとりまとめている。ときにはドラッグを売る。私のお客が求めるときだけ。覚醒剤は売らない。ヘロインも売らない。マリワナとコーク。LSDはあまり賢くない。他にもいくつか商売をしている。ギャングスターだと思っている人が多い。否定はしない。だが日本人でもっと悪いことをしている人間も多い。悪い、というのは日本の法律を破る、という意味で」

僕は彼の言葉に耳を傾けていた。彼が何をいおうとしているのかわからなかった。

「ツユサキは、私の古い友だちだ。サワベは君の友だちだ。ツユサキとサワベはどういう関係なのだ?」

「わからない。その二人に何があったのか、僕には見当もつかない」

ブラウンは真剣な眼差《まなざ》しで僕を見つめた。

「君は本当に知らないのか?」

「知っていたらここには来なかった」

ブラウンは呻《うめ》くように息を吐いた。ぼってりとした巨大な手を掲げた。

「ツユサキは、ある人間たちのグループに入っていた。私たちがそのグループの情報を手に入れたかったからだ。だが、彼は深く入りすぎ、連絡がとれなくなった」

「どういうグループです？」

「サクマ、君は私に約束しなければいけない。私から聞いたこと、ここで知ったこと、誰にもいわないと」

「努力しましょう」

ブラウンは首を振った。

「言葉は意味ない。私はそれをよく知っている。人間が本当に守れる約束などないね。でも、私は君を知っているから、信用する」

僕は彼を見つめた。

「ダック、マイフレンド。君はダックのためにベストを尽した。だから」

「僕は彼が嫌いじゃなかった。どこか自分が似ていると思った」

「似ている。頑固だ。頑固だし、潔《いさぎよ》い。サクマ、君は、『国際監視委員会』という組織を聞いたことがあるか」

「いいえ」

「いいだろう。プライベートなグループだ。ツユサキはそこのメンバーで、私は彼に協力していた。グループの利益と私の利益が一致する、から。大きな意味で」

「どういったグループなのです？」

「西側社会守る。資本主義守るグループ。アメリカもイギリスも日本も関係ない。資本主義が共産主義に犯されないよう、支援する。私はギャングスター、だけど共産主義に日本がなれば――」

指輪のはまった親指を自分の喉にあて、舌を鳴らした。

「共産主義と戦うの、政府や軍隊だけではない。民間のプライベートなグループもいる」

僕の顔に浮かんだ表情を見取ってか、ブラウンはつけ加えた。

「右翼とはちがう。委員会は、スピーカーで宣伝しない。コマーシャリズムとは関係ない。資本主義で儲《もう》けさせてもらっている人間ばかりで、密《ひそ》かに協力しあう。共産主義の進出を防ぐため」

「露崎氏がそのメンバーだと？」

「そう、委員会は目立たないように活動してきた。何年、何十年。ツユサキもそうだ。私は長いこと、ツユサキに協力してきた。私には、マンパワーとお金があった」

「その委員会は具体的にどんな活動をしていたのです？」

「たとえば、ドラッグは、西側だけではなく東側からも流れてくる。どこかでワンクッションして入ってくる。その金は、東側の非合法な活動員の資金源になる。委員会はそれを調べ、その国の政府に知らせる。逆に西側の情報、東側に流そうとする人間がいる。委員会、それも調べる」

「政府や警察に知らせる？」

「ときには。ときには、知らせない」

ブラウンは肩をすくめた。

「事故にあう。情報はそれで流れない」

「あなた方が事故にあわせる」

「非常に少ない。警察がうるさいから」

「なるほど。それで露崎氏はどんな活動をしていたんですか」

「首狩りを追っていた」

「首狩り？」

「あるスペシャリストがいる。西側にいると、ワンオブゼム。目立たない。東側では、必要とされている知識や技術を持っている。ヘッドハンティング。そういった科学者や技術者を誘惑する。外国に行きませんか？　おいしい食べ物、別荘、地位、いくらでも手に入りますよ。何人か、欺される。そんなグループだ。東側からお金をもらって誘惑する。ツユサキはそのグループを調べていた。深入りしすぎた。危険なグループだ。ツユサキはヘッドハンターの一人として、ある人間とコンタクトをとっていた。若い商社マン。大学出て、コンピュータ使い、穀物相場を扱っている。非常に優秀な。彼をハントする仕事を請け負った。そのグループの証拠をつかむため」

「……」

「連絡がとれなくなった。『ターシュ』で連絡する約束だった。ツユサキが疑われている可能性高かった。サワベ、ツユサキを捜して『ターシュ』に来たのだ。サワベはツユサキの知り合い、だといった。古い、古い知りあいだと、コズエにいった。子供の頃から知っている、そういったそうだ」

「どんな人なんです」

「ツユサキは、四十三。ステーツに十年いた。非常に意志の強い男だ」

「出身は？」

「知らない。関西だとしか」

神戸時代の知りあいだろうか。

「それで沢辺はそのあとどうなりました？」

「わからない。ひとつだけわかっているのは『ターシュ』が、ツユサキを疑っていたそのヘッドハンターのグループの監視を受けていたことだ。『ターシュ』を出たあと、サワべも行方不明になった。彼の車はビルの前に置き去りだった。『ターシュ』でサワべにツユサキのことで話がある、といった男がいた。その男がサワべを連れていった」

「キイは、メルセデスのキイはどうして手に入ったのです」

「メルセデスは、キイが差しこまれたまま放置されていた。『ターシュ』を見張っていた私の部下が、サワべもヘッドハンターのメンバーだと思ったのだ。私たちはサワべを調べ、彼がヘッドハンターとは関係のないことを知った。メルセデスがあのままであれば、警察に移動され、問題が生じる。警察が動けば、ツユサキが危険になる。そこで、私が回収させた。今は、サワべもツユサキもどこにいるかわからない。連絡もない。私たちは、二人を心配している。サワべはおそらくツユサキのことを何も知らない。彼が、連れていかれたヘッドハンターに妙なことを喋《しゃべ》れば二人ともアウトだ」

　僕は大きく息を吸いこんだ。

「では、二人とも、特に沢辺は、そのグループに誘拐されたと？」

「そうだ。私は知っていても、サワべの車を回収する以外、動けなかった。なぜなら、私とツユサキの関係、彼らに知られないため。そこへ君が現われた。『ターシュ』に来、コズエを尾行した。どうすればいいか。監視がベストだと思った。痛めつけ、様子を見た。ヘッドハンターに関係のない人間なら、手を引く。ヘッドハンターのグループなら、報告する、そう思ったのだ。ところが、君はどちらでもなかった。そして名前もわかった。サクマ・コウ。私の知っている名前だった」

「沢辺は十年来の僕の友人です。彼の失踪は、普通ではなかった。何かトラブルに巻きこまれたことはまちがいなかった。それがどんなトラブルであるか、僕はあなたに会って知ろうと思ったのです」

「君は知った。私の知るすべてを知ったと同じだ。サワベもツユサキも命が危い。だが警察には知らせられない。委員会は、決して表に出てはいけないグループだからだ。誰がメンバーで、誰がメンバーでないか、もしわかれば世界中で、スキャンダルが起こる。東側は、殺そうとするだろう。メンバーを。ツユサキがメンバーであると、絶対に知られてはいけない。私も安全ではなくなる。もしメンバーであるとわかれば、ツユサキは東側に渡される。拷問にかけられ、メンバーの名を吐かされるだろう。その日から、東側の手で抹殺が始まる」

「どうするつもりだったのです、あなた方は？」

「私は協力者だ。ツユサキ以外の委員会のメンバーを知らない。委員会の人間は決して多くない、と聞いた。救い出すにも、私は警察にマークされている。コンタクトを待つしかないのだ。他の委員会のメンバーから」

「委員会がもし見殺しにすることを決めたら？」

「それもある。私も可能性を考えていた。ツユサキは強い男だから拷問にも屈しないかもしれない。ツユサキひとりの命で委員会が救われるとしたら、委員会はそうするかもしれない。ツユサキはその覚悟をしている」

「沢辺はどうなります?」

「死ぬ」

別の恐怖が背筋を駆け昇った。正常ではない。資本主義を守るため、といいながら私設情報機関で東側政府と戦っているグループ、そこに関わったため沢辺は誘拐されたのだ。しかも、旧知の人間がたまたまそのメンバーであったことを、沢辺は知らなかったにちがいない。

「放っておくことはできない」

僕はいった。ブラウンは白く光る目で僕を見おろしていた。

「沢辺を救《たす》け出さなくては、大変なことになる」

「それも時間はあまりない、サクマ」

かすれた彼の声が聞きとれぬほど低まった。

「私のマンパワーには限界がある。君のように優秀な探偵はいないからだ。しかも多くの人間を動かせば動かすほど、彼らには気づかれやすくなる」

「どれほどの規模があるのです? そのヘッドハンターのグループは?」

「想像もつかない。委員会は普通、ひとつの作戦にひとりのメンバーしかつけない。あとは協力者だ。協力者はサテライト——衛星と呼ばれている。サテライトは、資金を援助したり、戦闘のときの兵員を用意するだけなのだ。実態はすべて、メンバーのひとりが把握し行動している。私は、ツユサキのサテライトにすぎなかった」

手がかりはないも同然だ。だが、何かある筈だ。探っていけば、どこかに沢辺を救う道が残されているにちがいない。

しかし、一歩まちがえれば沢辺だけではなく、僕の命もけしとんでしまう。

「サクマ・コウ。私は、君ならツユサキとサワベを救い出せるかもしれない、と思う。だが、失敗すれば、ツユサキ、サワベ、私、そして君も、お終《しま》いだ。東側すべてを敵に回して戦うことなど、誰にもできない。我々は、ＣＩＡでもＦＢＩでもないのだから……」

パパブラウンの低い声が、ゆっくりと僕の脳裡《のうり》に沈みこんでいった。

ブラウンはしばらく黙りこんでいた。やがてそろそろとサスペンダーに触れた。位置を確かめるように指を走らせると、テーブルに手をのばした。

桐の箱に入った葉巻をとり、掌で揉《も》んだ。唇にさしこむと火をつける。芳香が僕の鼻をくすぐった。

溜息ともつかぬ音をたててブラウンは煙を吐き出した。

僕はいった。

「今の話がすべて本当だとすれば、僕の動きひとつで、あなたの運命も決まることになる」

「そうだ。だから私は、君に私のすべての力を貸す。君と私は、今夜から運命共同体というわけだ」

「露崎氏と沢辺を救け出す」

「グループの本体をつきとめて」

「僕はあなたのいう『国際監視委員会』とは何の関わりもない。もし沢辺を救け出すために必要であれば、委員会の存在を世間に知らすことにためらいは覚えない」

ブラウンの表情は微動だにしなかった。

「その場合は、君や私が、ツユサキらより先に、委員会の手で消されるかもしれない」

「なるほど、メンバー思いというわけだ」

ブラウンは答えなかった。

「だが、どうしても事実を打ち明けなくてはならない相手がいます。沢辺の身を死ぬほど心配している妹さんです」

「君の判断に任そう。そのお嬢さんが思慮に欠けた行動に走らぬと断言できるなら。なぜなら知ることによって彼女も私や君の仲間入りを果たすからだ」

僕は首を振った。

「あなたの言葉だけだ。委員会の存在とやらを証明できるのは、今のところあなたの言葉だけなのだ。それに僕や彼女が命を託すというわけにはいかない」

「やがては知ることになる。君がツユサキやサワベの居所を調べ始めれば。委員会の存在を必然的に」

僕は微笑した。

「いいでしょう。そのときはいってやります。この次からエージェントを選ぶときは、もっとすぐれた人材を選べ、とね」

「たとえば君のような?」

肩をすくめた。


僕は広尾《ひろお》の、沢辺のマンションの地下駐車場にメルセデスをすべりこませた。帰りはキイを預かり、僕が運転してきたのだった。

沢辺はキイをつけたまま車を離れるほど愚かではない。おそらく、自分の車で出かけようとしたところを、連れ去られたのだ。

キイを抜くゆとりを与えられなかったのは、相手の言葉に従うまいとした彼に、言葉以外の警告が与えられたからだろう。

暴力で彼を屈服させることは簡単ではない。大分前のことになるが、僕は沢辺が、三人のチンピラヤクザを相手に、ものの数分で片をつけるのを見たことがある。パパブラウンの想像通り、沢辺は銃を向けられ連れさられたのだ。

僕は沢辺の部屋には寄らず、表に出るとタクシーに手をあげた。

パパブラウンとの連絡は、彼が教えたひとつの電話番号を通じて行う手筈になっていた。彼の言葉をすべて信ずるわけではないが、嘘《うそ》を聞かせるためだけだとすれば、あまりに手がこみすぎている。

六本木に戻り、ようやく自分の車に乗りこんだ。沢辺のメルセデスのキイはポケットの中にある。

何から始めるべきだろうか。

目の玉が飛び出るほどの駐車料金を再び払い、車を出すと考えた。

沢辺はどこかに監禁されていると考えるのが妥当のような気がした。

僕は会ったことのない露崎が、潜入しているグループにスパイの疑いをかけられているとすれば、沢辺は彼を裏切らせぬための人質となる筈だ。同時に、沢辺を通じて、露崎の身辺調査が徹底的に行われているにちがいない。

露崎がいかなる人間であるか、それを僕に今、教えてくれるのは羊子しかいない。

四谷のアパートに帰ると、羊子の部屋に電話を入れた。

羊子は留守で、テープだけが回っていた。それに、すみやかに僕あてに連絡を入れるよう吹きこむと、窓辺に腰をおろし考えた。

あばらの痛みは幾分やわらいではいたが、銃を持った相手と互角にやりあえる自信はなかった。

羊子にすべてを話すのは、確かにブラウンのいった通り、賢明ではないかもしれない。羊子を危険に巻きこむのは、何としてもさけたかった。しかし彼女が、中途半端な言葉だけで満足するとも思えない。

パパブラウンは警戒し、そして怯《おび》えていた。ふたつのグループ、「国際監視委員会」と東側に市場を持つヘッドハンターにはさまれ、どう対処すべきか途方に暮れているのだ。

彼にできず、僕にやれることが何であるかなどと悩むのは馬鹿げていた。とにかく動き回る他、手はないのだ。

午前二時三十分を過ぎると、腰を上げ、再び部屋を出た。

部屋の扉に鍵《かぎ》をかけ、夜の中に踏み出す瞬間、わずかだが、ひるみのような感覚を覚えた。いつもの階段で、いつもの建物であるにもかかわらず、誰かが潜み、凶悪な意図を持って現われそうな錯覚があった。

それをふりきり、車に乗りこむとカーステレオにジョージ・マイケルのテープを押しこんだ。

イギリスの演歌——そう呼んだD・Jがいた。甘いボーカルと切なげなサックスが、ヒロイックな気分に僕をひたらせてくれる。

白金の片岡こずえのマンションに到着し地下駐車場に入った。こずえの赤いアウディは定位置に駐まっている。

車を旋回させ、駐車場を出ると、路上に止めた。

こずえは、沢辺を連れ出した、ヘッドハンターのグループの人間をひとりは見ているのだ。彼女の口からそれを訊き出すつもりだった。

車を降り、エレベーターを使って十階まで昇った。

エレベーターを降りたところから、四本の放射状の廊下がのび、一〇〇八号は東側に向かう廊下の端にあった。廊下のつきあたりは、非常階段に通じるドアになっている。そのドアにもたれかかり煙草を吸った。廊下は、暖房はないまでも、各部屋のぬくもりのせいか、外に比べればかなり暖かだった。

静まりかえった各部屋は、どこも眠りに入っているのか人の気配をまったく感じられない。

腕時計と煙草を見比べて時間のすぎるのを待った。

午前三時四十分に、エレベーターが唸りを上げて到着した。僕は両手をポケットに入れたまま、廊下の反対側を見つめていた。

人影がひとつ吐き出され、パンプスの踵《かかと》が規則的な足音をひびかせた。

片岡こずえは、厚手の生地で作られたグレイのスーツにオフホワイトのブラウスという姿だった。

廊下を半分ほど来たところで、彼女は僕に気づいた。立ち止まり、無言で視線を向けた。

「ブラウンに会いましたよ」

僕はいった。こずえは瞬きし、探るように僕を見つめた。

「怪我は？」

「少し。肋骨が一本」

「御免なさい。あなたを誤解していたわ」

硬い声でいった。

「すんだことです。それより話を聞きたい。沢辺が今どこにいるかを僕が調べることになったんです」

「あなたが……」

眉をひそめた。

「本当の仕事も調査士なんです。法律事務所の失踪人専門の」

「じゃあお友だちでは――」

「友人です。十年来の。すべての店にある、すべての彼の酒を一滴残らず飲み干したとしても、許されるぐらいの」

こわばった顔に微笑が浮かんだ。歩み出し、小さなバッグからキイをとるとドアのロックを解いた。

ノブに手をかけ、僕を見た。

「コーヒー?」

僕は頷いて、従った。

片岡こずえの部屋の居間は、淡い緑で統一された空間だった。カーペットもテーブルも、壁のタペストリイも同じ色調である。サイドボードにそこだけ雑然と、本や雑誌が積まれていた。雑誌は大半が男性誌で、中には英字のものも混じっていた。

こずえはブラインドの羽根を操作して、夜景を遮断した。バッグとキイをテーブルにおき、片方の壁でさえぎられたキッチンに向かう。

「すわって下さい」

壁ごしの声を聞き、僕はテーブルに備えられた木の椅子《いす》に腰をおろした。

汚れのない磁器の灰皿がふたつ、楕円形のテーブルの端と端におかれていた。

ひとり暮らしの部屋ではない、と思った。女ひとりにしては、どこか男の我儘《わがまま》が匂う。

それは、今の静けさには似合わないものだ。

本のページをくったり、雑誌を重ねたりする物音、女性的ではない大股の歩み、強い煙草の香り、そういったものが、この整然とした部屋の隅々にしみこんでいるような気がした。

知的だが、どこか荒々しさを持った男と、理解力に富んだ落ちつきのある女の、ひと組が住んでいた部屋だ。

こずえが、濃い香りを放つカップをのせた盆を手に現われた。スーツの上衣を脱ぎ、袖をまくりあげている。白い腕の内側に水滴がついていた。

居間に通じる二枚のドアは固く閉じられている。玄関には、男物の靴はなかった。

こずえは僕の斜め向かいに腰をおろした。バッグをひきよせ、ショートホープの箱をとり出す。もともとは女性用に作られたと聞いた煙草だが、今は吸っている女性を見かけない。

小ぶりのダンヒルでそれに火をつけた。

「わたしは、あなたを彼が今いるグループの人だと思ったの。沢辺さんの話は、わたしと彼の関係を探るための口実だと思った」

コーヒーをすすり、こずえは低い声でいった。

「彼というのは露崎氏のことですね」

頷いた。

「ここで一緒に住んでいた？」

驚いたようにおもてを上げた。

「わずかだけど。でもどうして――」

僕は微笑んだ。

「わかります。いつ戻ってきてもよいようにしてある。女の匂いを最小限にとどめ、かといって息が詰まるほど彼中心ではない」

「それを望んだ人だから。いつも何を考えているかわからなくて、ある日突然やって来ては、また突然いなくなるの。それが半年もつづいたり、ときには一日か二日だったり。生活を背負うことをひどく嫌うの」

「彼のことを深く知っていた？」

「涙も出ないほど少しだけ。でも男と女だから一緒にいることはできました」

頷いてコーヒーを飲んだ。キメが粗く、苦い。だが決してまずくはなかった。

「〝パパブラウン〟は、露崎氏のことを少し話してくれました。それが本当ならば、ひどく危険な状況にあることになる」

「本当です。あの人はいつも命がけでした。出かけていくときは、清潔なものしか身につけず、自分の名のついた品は何ひとつ持ちませんでしたから」

「いつ、どこで知りあったのです」

「おと年にロスアンゼルスで。わたしはその頃、友人の日本料理店を手伝ってました」

肩をすぼめた。

「去年、こちらに戻ってくると、あの人がこの部屋と店を私に提供してくれました。自分も基地が欲しくなった。そういって」

「いつから今度の仕事に」

「さあ。ただ、ひと月前に出ていき、二週間前に電話がありました。わたしのお店を連絡基地として使うことになったと。ブラウンさんから連絡があったら、彼からいわれた通りのことを伝えるようにって」

「その間、何度ぐらい店に？」

「二度です。初めが電話の翌日で、二度目が先週の金曜でした」

「何か変わったことは？」

「金曜日に来たときは、あの人らしくなく、緊張しているようでした。しばらく連絡がとれなくなるかもしれない、ということを会話の中に混ぜていっていました」

「沢辺が来たのはその翌日ですね」

こずえは頷いた。

「早い時間からひとりでみえて、あの人のことを訊いたんです。古い知りあいだとおっしゃっていました。あの人が神戸にいた頃の知りあいだと。ひどく懐かしがって。偶然、わたしのお店の近くで見かけたので捜したのだ、とおっしゃっていました。連絡先を知らないか、と訊かれたのですが、沢辺さんがどんな方なのかわからないので教えるわけにはいかず……そうしたらあの人たちが来たんです」

「あの人たち?」

「男の人ふたりでした。ふたりともきちんとネクタイをしめ、ブランドもののスーツを着ていました。ひとりは若くて……そう、あなたや沢辺さんぐらい。もうひとりは四十そこそこかしら、どこか崩れた感じのする人でした。若い人の方は、人なつこいという印象で、よく喋り冗談をいっていました。ふたりはお店に入ってくるとすぐ、『ターシュ』を露崎から聞いた、といったのです。沢辺さんがすぐに、その人たちに話しかけました。若い方の人が、自分たちのとったボトルを沢辺さんに勧めて……しばらくして沢辺さんが先に店を出たら、あとを追うように出ていきました」

沢辺のボトルが減っていなかったのは、彼らの酒を飲んだからだったのだ。

「その男たちは何と名乗りました」

「若い方のかたが田代《たしろ》というお名前でボトルを入れましたけど、名刺はいただけませんでした。露崎との関係を訊くと、ちょっとした知りあいだと話を濁して」

その二人組が沢辺を拉致《らち》したのだ。

僕は煙草に火をつけ、回転が鈍くなってきた頭を叱咤《しった》した。こずえはカップの前で両手を組み、視線をそこに落としていた。疲労よりも、不安の色が濃かった。

「露崎氏のことをもう少し話して下さい。どこの出身か知っていましたか？」

こずえは首を振った。

「自分のことはほとんど話しませんでした。ただ関西の方とだけ。神戸だというのも、沢辺さんの言葉から知ったぐらいです」

「アメリカで出会った頃は何を？」

「アメリカ政府の小さな調査機関にいる、といっていました。人口や職業の統計をとっているんだと」

「写真はありますか？」

「その頃のものが少し」

「できれば一枚、お借りしたいのですが」

「はい」

こずえは頷いた。立ち上がると、居間に面したドアの片方を開き、中に入って閉めた。きちんとカバーをかけられたベッドがふたつ見えた。しばらくして出てくると、カラー写真を一枚、僕に手渡した。

森林公園のようなところを背景にして撮ったもののようだ。こずえはジーンズをはき、今より色が黒く、そして幾分太っている。

隣にいる男は、長身でひきしまった体つきをしていた。目尻に細い皺《しわ》が多いが、柔和というにはほど遠い顔立ちだ。ただ知性を感じさせる額とクルーカットのような短いヘアスタイルをしている。

「彼は今でもこの髪型を？」

「ええ、長髪は一度もしたことがないといっていました」

もしそれが昔からのヘアスタイルなら、六本木の群集の中では目立った筈だ。沢辺が知りあいであると、すぐにわかったとしても不思議はない。

だが、沢辺がそれほどまでに会いたがったのは、なぜなのだろうか。

その答をこずえが持っているとは思えなかった。

「お借りします」

そういって写真を、戻ってきた財布の中にはさんだ。

「何かまだお知りになりたいことはありますか？」

「青山の骨董店は、露崎氏と何か関係があるのですか？」

「私の……実家です。あそこにも尾《つ》いてらしたのね」

僕は目をそらし頷いた。

「露崎氏から何か特別な固有名詞を聞きましたか、このひと月の間に」

「ブラウンさんに伝えるように、と。興商《こうしよう》井村《いむら》の弦木《つるき》、そう店でいいました」

興商井村といえば、財閥系の三井や三菱、住友と並ぶ商社だ。ブラウンがいっていた、ヘッドハンティングのターゲットにちがいない。

「他には？」

「しばらく連絡がなくても慌てるなと。ブラウンさんからの連絡を待て、といいました」

今では彼女も、露崎がトラブルに巻きこまれたことを確信している。

「僕の名刺を持っていますか、今でも」

顔を上げた。

「ええ」

「何かあったら、必ず連絡して下さい。僕の友人と露崎氏は同じ場所にいます。露崎氏から連絡があったら、今どこにいるのか、少しでも手がかりになることを、聞いておいて下さい。いいですね」

「約束します」

僕は頷き返し、立ち上がった。僕は、これ以上、露崎の立場が悪化しないことを望んでいた。露崎に何かあれば、それは必ず沢辺に波及する。その前に何としても、露崎が潜入しているグループの所在をつかまなければならない。

そのためならば、僕はあらゆる手段を辞さぬつもりだった。それと知っていて、沢辺を見殺しにすることなどできない。どんなことがあっても。

パパブラウンはそう気づいていただろうか。

こずえに見送られてマンションの廊下に出ると、僕は考えた。彼との約束を破り、必要なら、いかなる人間に対してもこの事実を告げて回ってでも、僕は沢辺の居所をつきとめるつもりだった。

あるいは気づいていたかもしれない。彼はそんな人間の出現を待ち望んでいたのだ。

彼らのルールに縛られず、捜すことのできる人間。「委員会」の存在や自分の立場を危くすることに怖れを感じず、動き回ることのできる人間、それを望んだからこそ、僕に打ちあける気になったのだ。

それは、とりも直さず、残された時間がさほどないことを示していた。

7

羊子と会えたのは翌日の昼過ぎだった。彼女がこしらえた時間のために、僕は原宿に出かけていき、レコード会社やブティックが雑居するビルの二階にあるカフェテラスで向かいあった。

雲ひとつない青空が広がった日だった。道を行きかう人々は、背広やブルゾンを脱ぎ、腕に抱えている。半袖姿の若者も多かった。

寒い日々がつづいたと思うと暖かくなる。それはどうやら雨に関連しているようだ。雨をひとつの区切りに、暖かくもなり、寒くもなる。

「詳しいことは、あとでゆっくり話すけれど、君の兄貴はどうやら露崎という男といるらしい」

「露、崎、さん？」

羊子の面《おもて》には、思いあたるという表情は浮かばなかった。

「神戸時代の知りあいだというんだが」

「何をしている人？」

「しばらくアメリカにいたと聞いてる」

僕は写真を手渡した。羊子はストレートのジーンズにTシャツ、黒のカーディガンというカジュアルないでたちだった。

切れ長の瞳が写真を見つめた。幾度か瞬き、記憶の底を探っているようだ。

「四十三歳」

僕はいった。

羊子が頭を上げた。目の中に、変化が生じていた。

「ひょっとしたら……。アメリカにいた、といいました？」

頷いた。

「じゃあ、そうかしら」

「誰？」

「叔父《おじ》です」

「君たちの？」

「正確にいうと、兄貴の。私と兄貴、母がちがいますから。兄貴のお母さんは、私が生まれる前に亡くなりましたから」

「その人の弟さん？」

「そう。待って……。私の小さい頃は家によく来てたの。確か大学を出たばかりで、留学をするとか、しないとかいって――。名前は露崎じゃなかったわ。前の母の旧姓だから、神原《かんばら》よ、カンバラの叔父さんって呼んでいたもの。そう、神原裕樹《ひろき》」

「沢辺は親しかった？」

「とても。もし神原の叔父さんを見かけたら放っておく筈ないわ。兄貴にとっては、お兄さんでもあり、半分父親のような存在の人だったから。キャッチボールも自転車の乗り方も、神原の叔父さんに教わったっていってたもの」

「いつからいつぐらいまでのつきあい？」

「兄貴はそれこそ生まれたときから、そうね、叔父さんがアメリカに行っちゃったのが、私が本当に小さいとき。でもときどき日本に帰ってくると、うちに寄って、兄貴や私にお土産をくれたのよ。最後が、それでも、私が東京に出て来る前だから六年も前かしら。もっと前かな、十年……十年近いかもしれない。そのときは兄貴は東京で、叔父さんとは会えなくて」

「彼はじゃあ、当時もアメリカに？」

「そう聞きました。向こうの、アメリカ政府の小さな機関でアルバイトのようなことをしているって」

まちがいない。露崎は神原だ。そして沢辺にとっては十年以上会っていなかった懐かしい存在だったのだ。

「沢辺は、あの晩、この人を六本木で見かけたんだ」

「それで『ターシュ』へ？」

「そう。懐かしくて、何とか会う手だてを講じようと、捜し歩いたのだろう？」

「そこで何があったの？」

「この人――今は露崎と名乗っているが――露崎は、あるトラブルに巻きこまれていた。

正確には、自分から入っていたんだ。危険な、一種の犯罪グループに接近していた。本当の身許を隠してね。そしてそのグループに正体を疑われていた。沢辺が彼のことを訊ねたところに、そのグループの連中が来あわせたんだ」

「じゃあ、お兄ちゃんは⁉」

「連れ去られた。車は、パパブラウンが回収し、僕に預けられたよ。今は沢辺のマンションに置いてある」

「……そんなっ」

羊子は押し殺した声で叫んだ。向かいのテーブルにすわるカップルが驚いたように僕らを見た。

「僕が捜し出す。それより沢辺はどうして、その神原という叔父さんが使っていた偽名がわかったのだろう」

「手紙だと思うわ。兄貴がこちらに来ていて会いそこねたとき、神原の叔父さんはこちらの兄貴の住所を訊いていったの。その頃はまだ兄貴は広尾じゃなかったけれど、アメリカから幾度か手紙をもらっていたようね。いつも、あちこちからで。そうだわ、幾度か、封筒のさし出し人の名と中味がちがってたことがあるっていってた。それを覚えていたんじゃないかしら……」

こずえにあたればわかる筈だ。あるいは沢辺はそのときの名を覚えていて、〝神原〟では反応がないので使ってみたのかもしれない。

そしてそれがこずえだけではなく、ヘッドハンターたちにも通ずる名前だった。

ようやく、土曜の晩に何がおきたか、僕にはわかったような気がした。

「いったい神原の叔父さんが接触していたのは、どんなグループなんです？」

羊子が訊ねた。

「今それを説明することはできないんだ。ただ、犯罪者といっても、殺人や強盗といった類ではないから心配しないで」

「ではいったい何のために……」

僕は首をふった。

「彼らの犯罪を証明するためだと思う」

「じゃあ警察官なの？」

「近い仕事ではあるけど、厳密にはちがう。民間人だから」

「わからないわ。神原の叔父さんがそんなことをしていたなんて少しも知らなかった」

沢辺も知っていれば、簡単にグループの男たちとは接触しなかったろう。

思いついて訊ねた。

「彼がこちらで親しくしていた人を知らないかい？　直接会ったことのない人でもいい」

羊子は真剣に考えた。

「駄目。どちらかというと、いつもにこにこして無口だったイメージしか思いうかばないの」

「神戸の方に問いあわせても？」

「唯一の肉親は、ある意味で兄貴だけだったから……。父とはほとんど会わなかったし、兄貴のお爺《じい》ちゃんお婆ちゃんにあたる御両親は亡くなってるの」

「沢辺の母親の他に兄弟は？」

「いなかった。そういう点でとても孤独な人よ。だからうちによく来ていたのね。まるで、そう、コウさんみたいに——御免なさい」

「よくわかるよ、その例えだと」

僕は微笑した。羊子のいう通りだ。だからこそ僕は沢辺の安否を気づかっている。

「君のお母さんとはどうだった？」

「わりと、仲がよかった。義姉《ねえ》さん、て呼んでいたもの」

「訊いてみてもらえるかな」

「ええ……。それから、コウさんに話さなけりゃと思っていたのだけれど、父が——」

「神戸の？」

「父が動き始めたの。よくはわからないけど、何人か人をよこしているみたい。ひょっとしたら、コウさんのところにも連絡がいくかもしれない」

歓迎できる事態とはいえない。沢辺の父親が動かすほどの人間であるからには、決してアマチュアではないだろう。だが、これ以上藪《やぶ》をつつく人間が増えると、何が起きるかわからない。

「わかった、ありがとう」

「今日のこの話、内緒にしておいた方がいいの？」

「正直いって僕にもわからないんだ。けれど今の沢辺は、かなり複雑で微妙な立場にいると思う。何も知らずに動き回る人間は彼にとって危険だ」

「わかりました。コウさんを信じます。父にすぐ電話をして、ひきあげさせるよう頼んでみます」

彼女の信頼に応《こた》えることができるかどうか、自信はなかった。しかし、自分自身をも賭《か》けることがわかっている今は、頷いてみせる他ない。

近いうちにもう一度会う時間を作ることを約束し、僕は羊子と別れると、虎の門へ向かった。

早川法律事務所の資料室には、極秘だが、上場企業の社員名簿がほぼ完璧《かんぺき》に揃《そろ》っている。それは毎年刷新されるたびに新たなものと取りかえられている。興商井村の社員名簿もそこにある筈だ。

興商井村は赤坂に本社を持つ、総合商社だった。一部上場、社員総数七千、資本金四百億の、一流企業だ。

〝パパブラウン〟は、穀物相場を扱っている人間だといった。こずえから聞いた名は、弦木だ。

すぐにわかった。弦木良久《よしひさ》、穀物飼料部二課勤務、住所は杉並区西荻窪《にしおぎくぼ》、ロアスコーポ二〇一とある。マンション暮らしのようだ。

住所と電話番号を書きとめ、六階の、二課のオフィスまでおりていった。

エレベーターを降りたところで、課長と出会った。手洗いから出てきたのだ。

課長は一瞬足を止め、僕を見た。

「休養を切り上げる気になったか」

僕は首を振った。

「近くに来たんで、皆さんの機嫌うかがいに……」

鼻を鳴らして一瞥《いちべつ》した。まったく信じている様子はなかった。

「心苦しくなったのじゃないか、自分ひとり休んでいることに。だとしたら、まだ一人前とはいえんな」

「御冗談を。胸が痛むのは、折れた肋骨《ろっこつ》のせい。探偵稼業のうちに、良心はすりはてましたよ」

「猛毒の蛇はどうしたね」

「とりあえず友好関係を結びましてね。まだ手ずから餌《えさ》を、というわけにはいきませんが」

軽く頷き、課長は行きかけた。外見には合わない身軽な動作だった。僕は、〝パパブラウン〟を思い出した。

「『国際監視委員会』という名の組織を聞いたことはありますか？」

足が止まった。ゆっくりと振り返り、僕を見た。無表情にいった。

「いや。また国際謀略か。ラクールの一件でこりたと思ったが」

四年前、中東の産油国ラクールからの留学生をめぐり、僕は内閣調査室に貸しを作ったことがある。あのときも腕を折り、何本か歯を失なった。

「なに、ほんの行きがかりですよ。ウルトラ右翼のようなお節介焼きらしいんですがね」

「知らんな。そろそろ勤務に戻した方がよさそうだな」

真顔で僕を見た。

「約束ですから」

そういって踵を返した。課長がいった。

「待て——。本当に依頼件数が増えているんだ。明日から出てきてくれ」

「申しわけありません」

「あっさりというじゃないか。飯のタネだぞ」

「もう少し休ませて下さい。ちょっと複雑な状況なんです」

「できんな」

驚いて課長の顔を見た。きっぱりとした口調だった。厳しい目を僕に向けていた。

「自殺の可能性がある二人組の女子中学生を一昨日から捜している。その手合いに一番慣れているのは君だ」

「今回は他の人間に回して下さい」

「君でなくては無理のような気がする。ホトケになってからじゃ遅い」

僕は首を振った。

「本当に申しわけありませんが――」

「転職を考えているのか」

「どういう意味です？」

僕は訊ね返した。課長は静かにいった。

「いくら君が、うちの野球チームの四番でも、限界があるということだ」

「仕事に戻らなければクビだと？」

「そうだ」

眉毛ひとすじ動かさず課長はいった。

肩をすくめると、肋骨が不平を唱えた。

「仕方ありません。クビになります」

「何があった」

「いえません。友人の命がかかってます」

課長は背広のポケットからピースをとり出した。一本抜き、火をつけると目を細めた。

「ゆっくり話す必要がありそうだな」

「一週間すぎたら」

「そのとき君がホトケになっていたらどうする」

「待ってますよ、あちらで」

顔をしかめた。

「笑えんな」

もう一度、肋骨に不平をいわせた。課長はいらだったように灰を廊下に落とした。珍しいことだ。

「友人というのは誰だ」

「沢辺」

口を開け、閉じた。

「ごつい親父がいるだろう。任せておいたらどうなんだ」

「答は同じです。奴は僕の仲間です」

「滅多なことで死ぬような男ではなかったと思うが……？」

「滅多なことで、僕が人の生死を口にしたことがありましたか」

「自分の命も賭けているのか」

「必要なら」

「私は許してないぞ」

はっとするほど優しい声音だった。本気でやめさせようとしている、そう思った。

「ラクールの留学生のときのようなことは二度と御免だ。いくらでも補充可能な部下を持った覚えはない」

あのときは、爆弾を持ち、僕をつけ狙《ねら》った人間がいた。だがこれほど真剣ではなかった。

「なぜです？　どうして今回はいけないんです」

「バックアップができん」

首を振った。

「仕方がありません。ひとりでやります」

「どうしてもか」

黙っていた。課長は不意に背中を向けた。そして、何もいわずに歩き去った。

「クソ親父」

小さく吐きすてた。いってから驚いた。いつのまにか、彼を父親のように考えていたのだ。

事務所を出た。病院に寄り、胸のテープを新たなものと変えてもらった。ここでも僕は冷ややかな扱いを受けた。

「あんまり、自分の体を大切にしていないようだね。今に始まったことじゃないけど」

無口な医師が、診察を終え、いった。

「それが趣味というわけではないんです」

「あたり前だ。馬鹿なことをいっていると、そのうちに、本当に後悔するよ」

胸にこたえた。

課長にしても、彼にしても、僕に悪意を抱いて語っているのではないことはわかっていた。

今回はいつもとちがう。ちがいすぎる。僕を大切に思っていてくれる人たちの助けが得られない。

そんなときもある。風向きが悪いのだろう。自分を慰めて車を走らせた。風向きが悪いからといって、手をひけるような仕事は、これまで一度としてなかった。これからも一度もないだろう。そんな仕事であれば、最初から僕はしていない。

いつも目一杯なのだ。そして目一杯だからこそ、やってくる価値があったのだ。人生を降ろすぞ、と脅されても、手をひくことはできない。なぜなら、手をひいてしまえば、こちらは人生を降りたのと同じ結果になる。

いや、もっと悪いかもしれない。

生きている限り、降りたことへのいいわけを自分にしつづけていかなければならないのだ。

そんなのは御免だった。誰が、どれほどの大声で、何をいおうと、御免だった。

西荻窪にある弦木良久のマンションに到着したのは、午後五時すぎだった。日は暮れているが、サラリーマンが帰宅するにはまだ早い。

マンションは国鉄の駅から北に向かった、商店街の外れに建っていた。古びた四階建てで、郵便受けの並んだ踊り場には、三輪車や自転車がごしゃごしゃと固まっている。学生、水商売、工員、若い夫婦、どんな住人でも吸いこんでしまう、ごくありきたりの建物だ。この東京中に、それこそ何百、何千とあり、何万という人間を箱詰めにして暮らさせながら、そのひとりひとりにある種の平和と舞台を提供しているのだ。

エレベーターはない。駐車場もない。子供たちの攻撃から建物を守ってやる管理人もいないようだった。だがそれは攻撃と呼ぶほどのものではなく、単に泥にまみれた小さな手型や、ボールの跡にすぎないのだが。

車を止め、建物が見える小さな中華料理屋に入った。思いついてヤキソバを頼むと、信じられぬほど大盛りの皿が出された。

大盛りを頼んだ覚えはなかった。だがあとから入ってきた学生と覚しい若者が頼んだ、大盛りのヤキソバを見て納得した。皿の上で麺《めん》が爆発している。それに比べれば、僕のはせいぜい膨張といったところだ。

張り込みが長時間に及ぶことになっても、腹具合にだけは留意せずにすむと確信した。近場には見はらしのいい喫茶店はなかった。パン屋で缶コーヒーを買い、車に戻った。

弦木良久は、独身か、共稼ぎのようだ。二〇一の部屋には明りがついていない。シートを倒し、ルームミラーでマンションの入口を観察した。

人通りが減り、テレビや子供の声だけが、あちこちの窓から聞こえてきた。それがやがて静まり、明りが消えていった。

残業か、ガールフレンドの部屋か、はたまた出張か。小さなボリュームでラジオを聞きながら待った。車にテレビをつけることも考えたことはある。だが、張り込みによい結果をもたらすとは思えず、とりやめにした。

一度だけ、デートと張り込みを両立させたことがある。横浜の公園で、一人より二人の方が目立たない、という立派な理由もあった。

悠紀のことを考えた。どこかでさっきまでピアノが鳴っていたせいかもしれない。

十時少し過ぎ、小太りでスリーピーススーツを着けた男がミラーに映った。背はあまり高くない。どちらかといえば、目立たないタイプだ。眼鏡をかけている。

踊り場の灯りの下で、まだニキビの跡が残る童顔を観察した。二十六、七、いって三十だ。穀物相場をコンピュータで操る秀才には見えない。だが、もし彼が弦木なら、東側に値がついている、新世代人間だ。フロッピイディスクに人生を凝縮し、超LSIで言葉を語る若者。それを可能にしたのは、現在の二十八、九から下の年齢の人間だ。理屈ではなく、肌でコンピュータの存在を認知できる人間は、それより歳上にはいない。

二〇一の明りが灯り、彼が弦木良久であることを知った。

露崎のコンタクトはどこまで進んでいるのだろうか。目標にすえただけなのか。あるいは細かい契約条項にまで煮つまっているのか。

別荘は、海のほとりがいい、車はスポーツタイプと運転手つきの二台を用意してくれないか。それから、屋内プールも欲しいな。コンピュータと遊んでくたびれた頭を休めるには水泳が一番だから——。

彼がそんなことをいいそうな人間には見えなかった。真面目に、住居と会社との間を往復し、上司の命令には従う。今この瞬間も、彼が自宅においたパーソナルコンピュータのモニタースクリーンと向かいあっていたとしても、僕は驚かない。

十二時半に明りが消えた。一時までそこで待つと、車を発進させた。九時出社として、遅くとも八時には、弦木はマンションを出る筈だ。本来なら、こうした監視体制は一人では不可能だ。普通、僕が扱う若者に比べると、一般の社会人は桁外れに行動範囲が広い。

三班、最低六名の監視チームが必要である。

部屋に帰り、午前六時まで眠った。六時に起きると、コーヒーを飲み、電車で西荻窪に向かった。

七時四十五分にマンションから出てきた弦木の尾行を開始した。国鉄中央線で四谷へ、四谷から地下鉄の丸ノ内線で赤坂に向かう。

赤坂見附《みつけ》で降りると、徒歩六分。興商井村のオフィスビルに入ってゆく。

僕は彼がエレベーターに乗りこむのを見届けると、一階のコーヒーショップへと足を運んだ。

ラッシュアワーの通勤は、尾行のとき以外はほとんど経験しないですんでいる。そして経験するたび、探偵になったことに満足する。

露崎は、会社の弦木へ電話で連絡をとるだろうか。コンタクトが既に行われるとしたら、その可能性はある。未然であれば、自宅へまずとるのが普通だ。

いささかスパイじみているが通勤電車の中という手もある。おおかたの人間が、帰りはともかく、往きの電車は、時刻と乗る車輛《しゃりょう》を決めている。そこでの顔合わせは決して難しいことではない。複雑な話はともかく、アポイントメントの場所と時間を決定するのは、造作のないことだ。

昼休みは避けた方が無難だろう。必ずしも社員食堂で昼食を摂るとは限らないが、近場では、同僚の目にとまるケースもある。

確実なのは退社後だ。どこかで夕食を摂り、一杯飲みながら商談を進めていく。直接、家を訪ねる手もあるが、場合によっては不安感を植えつけるので、これはかなり話が進んでからだ。

露崎はひと月前から、ヘッドハンティングのグループに潜入したのだ。弦木の名をこずえに告げたのが、約二週間前、ターゲットを確定させたばかりだろう。最初のコンタクトは当然すんでいる。条件を煮つめる段階といったところだろうか。

初めから東側で仕事の口がある、と告げるかどうかはわからない。アメリカ、またはヨーロッパの仕事だと告げておいて、どたん場で強引にひっぱってゆく手もある。

露崎自身が今でも弦木との接触を行っているかどうかも不明だ。

弦木の電話を盗聴したい。違法行為だし、危険も伴うが、人数と残り時間の少なさを考えれば、やる他はない。なけなしのチャンスなのだ。

簡単な食事をすませ、地下鉄で虎ノ門に向かった。盗聴器、電波発振器などの電子備品は、早川法律事務所の調査一課におかれている。公式には、一切そういった道具があることを、早川弁護士以下所内の弁護士は、知らぬことになっている。

盗聴で拾った会談や、盗撮した写真類は、写真の一部をのぞけば、絶対に法廷で使用されることはない。これらの道具は、証拠収集を業務とする、一課の、いわば予備調査に、使用されるのだ。

電子機器の持ち出しには、課長の承認が必要となる。無論、それが得られぬことはわかっていた。従って、課長の留守を狙って一課を訪れ、借り出す他はない。

幸い、僕には、課長が昼食のために席を離れる時間がわかっていた。十二時半から、きっかり一時間だ。居場所は常に、連絡中継係に知らせていく。たいていは、オフィスビルの地下にある店のどれかだ。

十二時五十分に、エレベーターで六階へと昇った。二課のオフィスには、読み通り、中継係しかいない。

ドア一枚をへだてた一課へと入った。こちらには四人の人間がいた。早川弁護士の義弟である一課長に、二人の課員、一人の中継係だ。

「あれ、休暇中じゃなかったの?」

課員の一人、望月《もちづき》という若者がいった。離婚訴訟——ひらたくいえば浮気の調査のやり手だ。彼ら、一課長のデスクで額を集めているところだった。

「ひっぱり出されたんだよ。何の相談?」

「さてはスパイしに来たな。次の所内対抗試合のシフトを検討していたんだよ」

「不動の四番バッターに何と失礼な」

僕はやり返した。

「エラー名人という声もあるぜ」

「うるさい」

「どうしたの？」

聞いていた一課長が訊ねた。

「いや、例の女子中学生の一件、聞いてませんか？　男のヤサを見つけたんですが、外から連絡をとりあっていて、動こうとしないんです。で、道具借りようと思って」

「いいよ。で、課長にもらってきた？」

「いや、それが昼メシに行っちゃってて。急いでるんです。今のうちにとって返して、とりつけないと」

「じゃいいや。そのかわりあとで申請書もらってきといて」

「すいません」

頷くと、一課長から鍵《かぎ》を受けとり、一課の隅にある小部屋へ入った。金属製のキャビネットに機器が並べられている。

キャビネットの端に並べられた電話用の盗聴器を取った。受信機とセットになっている。

これですべてが終わる。今後、早川法律事務所での仕事を僕がすることはないだろう。

小部屋に鍵をかけ、一課長に返した。

「ねえコウさん……」

望月がデスクから顔を上げニヤついていった。僕の手の盗聴器を指した。

「そいつで女子大生の部屋でも盗聴してみませんか。それがばれて、お巡りの御厄介にでもコウさんがなれば、今度の試合は、うちの課が優勝固いんだけどな」

「いつだっけ、試合」

「余裕だなあ、来週ですよ、来週の日曜」

「ひょっとしたら出られないかもしれないよ」

「おっ、可能性あるぞ、こりゃあ」

「情けないこというなよ」

一課長が僕に頷いてみせて叱《しか》った。僕は彼に頷き返すと、一課の部屋を出た。ビルに入って二十分とたってはいなかったが、数時間も過したような気分だった。

二課に寄り、自分のデスクから紙バッグを取り出すと、道具をしまった。中継係は、まったく無駄口をきかない。

早足で廊下を歩き、エレベーターのボタンを押した。地下から昇ってくるところだった。あるいは課長が乗っていたかもしれなかった。

自分が卑劣なコソ泥になったような気分を味わいつつ、階段を使って降りた。

四谷に戻ると衣服を変えた。スーツにネクタイという姿でヒゲも剃《そ》り、髪をとかす。夕方まで待つと車で赤坂に出かけた。

朝のコーヒーショップに陣どり、エレベーターを見張った。八時にコーヒーショップがクローズすると、ビルの裏に駐めた車で待った。

弦木は今夜も残業のようだ。

八時二十分に、弦木が同僚らしい二人と通用門から姿を現わした。三人で歩いてゆく。車を降り、徒歩で尾行した。三人は一ツ木《ひとつぎ》通りの小さなパブに入った。後を追って入り、ピザパイとジンジャーエールで遅い夕食をすませた。

彼らより先に店を出て待った。

九時半にパブを出た三人は、地下鉄の駅まで歩いていった。

一人が銀座線で、二人が丸ノ内線だった。弦木は丸ノ内線で新宿方面に向かう。隣の車輛に乗って尾行をつづけた。そのまま丸ノ内線に残った同僚に片手をあげ、弦木は四谷で降りた。

国鉄中央線で西荻窪へ。

弦木は少し顔を赤らめ、手にしたアタッシェケースから出した文庫を読み耽《ふけ》っていた。悩み事があるという様子はない。

高円寺《こうえんじ》で本をしまいこむと、初めて窓の外に目をすえた。ときおり唇が動き、視線がアタッシェケースに移った。キイを叩くように、指がケースの表面を軽く打つ。

西荻窪で国鉄を降りた。彼がマンションに入るのを見届け、その明りが消えるまでを、裏手に面した青空駐車場で過した。

今日は早終いのようだ。十一時を少し回った頃、弦木は眠りについた。

十二時まで待って明りがつく気配がないことを確認すると、最終電車で赤坂に戻った。車に乗りこみ、ダッシュボードを開けた。瞬間強力接着剤が入っていることを確認し、再び弦木のマンションへと向かう。

途中、ラーメン屋に寄って、簡単にすませた夕食の補いをとった。暗くなると、さすがに冷えこむ。駐車場で潰《つぶ》した時間が、手脚をこごえさせていた。

ゆっくりと走り、午前二時三十分に到着した。マンションの部屋はどこも明りが消えている。車の中で、足音のしないラバーソウルに靴をはきかえた。

ポケットに接着剤を入れ、車を降りる。

弦木のマンションの階段をあがった。弦木の部屋の前に来ると、接着剤を取り出し、そっと鍵穴にあてがった。錠前はオーソドックスなシリンダー錠だ。鍵穴から接着剤を静かに注入する。

朝になり、内側から鍵を開けるのは、ノブについたラッチを使うから問題はない。外に出て鍵をかけるのを不可能にするのが目的なのだ。それも半日でいい。盗聴器をしかけるには、室内に入りこむ必要があるのだ。

空になった接着剤をしまい、ハンカチで手早くこぼれた分をぬぐった。朝までには、鍵穴が塞《ふさが》ってしまう筈だ。

踊り場を下り、車に戻った。誰も見咎《みとが》める人間はいなかった。エンジンをかけ、短い睡眠をとるべく、四谷へと走らせた。

翌朝の七時三十分に、同じ場所に車をとめていた。時計をにらみながら待った。きのうより十分近く遅れて、弦木が姿を現わした。

当惑して、いらだっているような表情で、足早に駅に向かう。

彼が改札口をぬけるところまで尾行すると、早くから店を開けている喫茶店に入り、モーニングサービスのトーストとコーヒーを口にいれた。店内は混み合い、学生らしいアベックが相席となった。会話の様子では、彼らは一緒に暮らしているようだった。

二杯目のコーヒーを飲み干すと店を出た。少しばかり、彼らがうらやましいと思った。車に戻って取った手袋をはめた手をポケットに入れ、弦木のマンションへ入っていった。

廊下に人けのないことを確認すると素早くノブを回した。鍵はかかっていない。

さほどゆっくりはできない。会社に到着した弦木が、錠前屋に連絡をとることもありうる。

部屋は典型的な一ＤＫだった。六畳のダイニングキッチンに六畳の和室だ。ダイニングに小さな二人がけのテーブルがあり、和室の方はカーペットがしかれている。生ゴミと体臭が入り混じった、独特の匂いがたちこめている。

和室にはシングルベッドとデスクがあった。表に面した窓はカーテンがひかれたままだ。デスクの上にパーソナルコンピュータと電話がのっている。スティール製の本棚には推理小説と経済書が詰まっていた。

電話機に歩みより、受話器を取った。耳にあたる側のカバーをねじって外すと、スピーカーを持ち上げ、できた空間に両面テープで盗聴マイクを張った。ＦＭワイヤレスで、小型だから、距離は百メートルかそこらしか飛ばない。周波数は、まちがってもラジオでは拾えない位置だ。

スピーカーを戻し、カバーをねじこんだ。

デスクの上には、ノートとディスケットがちらばっていた。ノートは、どうやら穀物相場の動きを追ったもののようだ。

ひき出しを開け、名刺入れを捜した。

見つけ出したが、露崎や、それらしい会社、グループ名を冠した名刺はなかった。

パソコンは、ワードプロセッサーの機能も備えているタイプだ。行動予定表や人名録をコンピュータに記憶させている可能性もある。

そうなれば僕にはお手上げだった。

部屋を出かけ、キッチンのテーブルの上にのったマッチに気づいた。黒のビニール仕上げに金文字が入っている。部屋には似つかわしくない品だ。

「グレコ・青山」とある。

電話番号をメモし、元の位置に戻した。喫茶店か、バーか、レストランか。

ドアに耳をあて、廊下の気配をうかがった。右隣では、掃除機の回る音が聞こえ、左はひっそりとしている。

入ったときと同様、誰にも見られることなく、部屋を出た。

車に乗りこみ、四谷へ走らせた。弦木の退社時間まで、この二日間不足気味だった睡眠を補わせてもらうつもりだった。

夕方になると車を西荻においた上で、赤坂に出かけていき、昨日と同じように弦木を尾行した。弦木は十時過ぎまで残業し、アパートへ帰った。

僕は翌朝彼が出勤するまで、アパートの前で粘った。音声をキャッチすると作動する盗聴マイクが、テレビの音から弦木のくしゃみまで拾うのを聞いていた。受信機は車に積んであった。

電話はとうとう鳴らなかった。

彼が出ていくのを見送ると、アパートに帰り、眠った。夕方になると同じことをくり返し、車を駐める場所を変えながら、徹夜した。

翌日も同じだった。

電話の少ない若者だ。マイクをつけてからの三日間、同僚らしき男性から、仕事の内容に関するのが一本、大学時代の友人から一本の、計二本だ。女性からは一度もない。

会社の帰りに誰かと接触している様子もなかった。

僕は少し疲れ、焦り始めていた。露崎にしろ、他の誰かにしろ、弦木とコンタクトをとろうとしないのは、彼をハントすることをあきらめているからではないだろうか。

それは、露崎の正体が完全に暴かれていることを意味しているのかもしれない。

とすれば、僕はまったく無駄な努力をしてきたことになる。

だが、四日目の朝、ついに答が出た。弦木の出勤直前、午前七時三十分に電話が鳴った。

「……はい、弦木です」

受信機から、眠そうな応答が流れ出た。

「御無沙汰しています。露崎です。お忙しいですか?」

落ちついた男の声がいった。

「露崎さん、どうしたんです。連絡がないので、てっきりあの件は流れたのだと思ってましたよ」

「申しわけありません。あの後、いろいろと弦木さんの条件を検討させていただくのと、私が仕事でどうしても出張しなければならないことがありまして」

「そうですか。僕はもう、自分は必要ではないのかな、って思い始めていたんですよ」

「とんでもない。弦木さんには、どうしてもいらしていただきたいと思っています」

露崎の声はあくまでも落ちついていた。

「で、早速なのですが、今夜ぜひお会いしたいと思いますが、御予定はいかがでしょうか」

「今夜、ですか……。このところ残業がつづいているからなあ」

弦木は、高圧的な口調でいった。対する露崎は、へり下っているというほどでもないがあくまでも穏やかだった。

「遅くてもし我慢していただけるのでしたら、先日のところで食事でもどうです?」

「『グレコ』でしたね」

「他がよければ、他を用意します」

「いや、あそこは結構、おいしかったから、ええ。かまいませんよ」

弦木の声が柔いだ。

「では何時頃?」

「十時、過ぎかな……」

「席を用意してお待ちしています」

「わかりました」

「それでは後ほど……」

電話は切れた。

露崎は生きていたのだ。ということは、おそらく沢辺も無事なのだろう。

大きな吐息が出た。煙草を取りあげ、徹夜明けでくたびれた口にさしこんだ。

弦木がフロントグラスの視界を、早足でよぎっていった。心なしか、顔が赤らんでいる。成功への道を確実に踏んでいると、自信を得た若者の顔つきだった。

彼の信じている成功が何を意味するのか。

じっくりと確かめさせてもらうつもりだった。

8

執拗になるノックの音に、目を覚ました。

反射的に枕もとの時計を見た。午後四時を過ぎたばかりだった。重い頭をふり、ベッドから足をたらした。

Tシャツの裾をコーデュロイのパンツにおしこんで立ち上がった。

「誰方《どなた》?」

「神戸から参りましたもので関谷《せきや》と申します。沢辺の坊《ぼん》さんのことでちょっと……」

低い声で返ってきた。羊子がいっていた人間だ。僕はロックを解いた。

ひどく小さな男だった。身長は百五十センチそこそこだろう。キャメルのジャケットにモスグリーンのスラックス、黒いシャツを襟まで留めたノーネクタイといういでたちだった。

顔色が悪く、目はおちくぼんでいる。やくざにも見えないが、決して堅気にも見えなかった。何か、映画に出てくるナイフ使いの殺し屋といった雰囲気だ。

「えろう、すんまへん」

男は上目遣いに僕を見て、腰をかがめた。

「お話をうかがおう思いまして、お邪魔しました。すぐに失礼しまっさかい」

神戸というよりは、大阪の人間のようだった。言葉の感じだ。

「どうぞ」

僕は彼を室内にひき入れた。彼が実際にはどんなタイプの人間なのか、見当がつかなかった。

「コーヒー飲みますか」

「いえ、結構です。本当に、どうぞすぐ失礼しますから」

えらく腰が低い。懐から名刺を取り出した。

関谷健《けん》、という名と住所に電話番号が入っているだけのものだ。

「坊さんが、今、どちらにいらっしゃるか、心あたりはおありでっしゃろか?」

関谷はそれが癖なのか、すくいあげるような目つきで僕を見つめた。

「いいえ」

僕は首を振った。

「何ぞトラブルに巻きこまれはった――」

「可能性はあります」

「先生もそうお考えで?」

先生ときた。奇妙な男だ。

「先生はよして下さい」

「いえ、とんでもない。もう関西でも音に聞こえてます。佐久間公先生の御高名は。名探偵中の名探偵、ちゅうことで。わたしら半端者はただただ畏《おそ》れいってる次第で」

何をいいだすのだろうか。僕はあきれて彼の顔を見やった。だが、この土色の肌をした男は、あくまでも真剣だった。

「もう、先生に比べましたら、わたしなんぞ足元にも及ばない、ケチな事件屋でございます。ですが、これを御縁に、どうぞお見知りおきを……」

「はあ」

頷く他ないようだ。

「沢辺さんのお父様は、わたしらの大先生でございまして、それが大変に心配してらっしゃるんですわ。坊さんは、早うにお母様をなくされたもんで、大先生は、片親で不自由させてはならんと、そりゃもう、心の配りようときましたら……」

彼の言葉を聞いていると、関西弁で交される喜劇の舞台にいるかのような錯覚すら覚える。それを遮って訊ねた。

「彼のマンションには行ってみましたか」

「ええ、早速に。それで坊さんのお車なんですが、お返しになったのは先生で？」

どこまで羊子から話を聞いているのだろうか。

「羊子さんには会われましたか？」

「へえ。こちらに着きまして、すぐ。ですが、坊さんのことは先生にお任せしてあるので、向こうへ帰り、と、それはもう大層な権幕で。気の強いお嬢様ですから。それはごもっともで、田舎者のわたしがお役に立てることなどない、とは思ってますんですが、やはりこの、大先生のおいいつけで、坊さんがどうしてらっしゃるか、確かめんうちは、あちらに帰られんのです」

くどくどと男はいった。

「そこでまあ、先生には決して御迷惑はおかけしませんので、ひとつ坊さんの車をどこで見つけになられはったかでも、お教え願いたいと、こう……」

「関谷さん」

「へえ」

「申しわけないのですが、それはお話できない。非常に微妙な立場にいるらしいのです。彼の現在おかれた状況を悪化させないためには、大勢の人間が動かない方がいいと思うので」

「そこはもう、しみーっとやりますさかい」

「すいません。今はそっとしておいて下さい」

「駄目でっしゃろか」

情なさそうに関谷はいった。

「ええ」

「そうでっか。ほなしょうがありませんな、わたしなりにやらせてもらいます」

「待って下さい。立場は僕にもわかります。ですが——」

関谷は陰気な笑いを浮かべた。

「先生のお邪魔はいたしません。ただ坊さんに万一のことがありますと、わたしら命がなくなります。ですから、わかってやって下さい」

「そうですか」

「ほな、えろうすんまへんでした」

関谷は腰をかがめた。

「失礼します」

部屋を出ていった。僕は彼がそっと閉じたドアを見つめた。何かをしそうな男だ。これであっさりとひき退るとは思えない。

だが今は彼にすべての状況を話し、手をとりあうわけにはいかない。彼の背後にいる、沢辺の父親がどんな動きを示すか、僕には予想もつかなかった。ただ、相手が暴力団の類ではない以上、裏から手を回して話をつけるというわけにもいかない筈だ。

コーヒーを沸かし、サラダを作って食べた。眠けはきれいにとんでいた。

思いつき、片岡こずえの部屋に電話を入れようと手をのばした。あるいは、関谷は『ターシュ』にまで行きつくかもしれない。口裏を合わせておいた方がいい、と思ったのだ。

電話番号は、彼女の部屋を訪ねた際に聞いておいた。

返事はなかった。実家である青山の骨董店に出かけているのだろうか。

食器を洗い、僕は車のキイをつかんで部屋を出ていった。じっとしているよりは動いていた方が頭が回りそうな気がした。それに露崎が無事であることを、知らせてやろうとも思ったのだ。羊子には、今夜か明日のうちに会う約束をしていた。

白金に車を走らせた。白金一丁目を右折し、マンションの建つ通りに入ると、前方で赤い回転灯が見えた。

かすかな不安が兆《きざ》した。徐行し、車を進めていった。救急車とパトカーだ。救急車はサイレンを鳴らしていない。

パトカーの他に鑑識のワゴン車も止まっていた。人が集まっている。

ついに車を止めた。野次馬で、これ以上は進めないという位置だった。車を降り、群集の中心であるマンションに歩いていった。エレベーターがどちらも、十階で停止していた。

階段を、子供を連れた若い母親がおりてきた。エレベーターの前に立つ僕を見ていった。

「当分、使えませんよ。お巡りさんがいっぱいで……」

「何があったんです?」

「自殺ですって。十階に住んでるクラブのママさんだって聞いたけど」

「そう、ですか」

踵《きびす》を返した。足早にそこを離れ、車に歩みよった。キイをとり出したとき、通りの反対側にある電話ボックスに気づいた。

電話ボックスに入ると、〝パパブラウン〟から教わった番号を押した。

二度鳴ったところで相手が出た。

「イエス」

そういったきりだ。

「ミスターブラウンにつないでくれ。こちらはコウ、佐久間公だ」

「マ、テ」

相手がいった。予備の十円玉で、電話機を叩《たた》きながら待った。コツコツという音が胸に響いた。

「ブラウンだ」

軋《きし》むようなかすれ声が流れてきた。僕は息を吐き、いった。

「片岡こずえが死んだ。自殺らしい」

「……ありえない」

ブラウンはわずかに間をおき、きっぱりといった。

「僕もそう思う。あなたに会った後、僕は彼女にも会ったのだ。彼女が自殺を考えている気配はなかった」

「ただコズエはツユサキを深く愛していた。彼の身に何かあれば――」

「露崎は生きている。今朝、僕は彼の声を聞いた」

「本当か」

「まちがいないと思う。弦木という商社マンの部屋に電話をしてきた」

「サクマ・コウ、君に会いたい」

「あまり時間がない。このあと僕は、露崎が現われるレストランに張り込むつもりだから」

「何という店だ」

僕はためらった。まだブラウンの言葉をすべて信じる気にはなれなかった。

「まだわからない。これからそれをつきとめる」

「君にツユサキが見わけられるか」

「こずえに写真を借りている」

「わかった。できるだけ早く、そう、ツユサキを見つけたら、連絡をしてくれ」

「努力します」

ブラウンが切ろうとした。僕は素早くいった。

「どうしてこずえは殺されたと思います？」

「ツユサキとサワベの関係を消すため。二人を結びつけるのは『ターシュ』だけ。つまりツユサキの立場の危険、変わっていない」

僕の想像通りの答が返ってきた。

「わかりました」

今度は僕が切ろうとすると、ブラウンがいった。

「ヘッドハンターのグループは、とても危険なグループ、わかったろう。もし君が、危い、と思ったら、サワベのメルセデス、トランクルーム開けろ。カバーめくって、スペアタイヤのところ。入れておいた。わかったか?」

受話器を握る掌に汗が浮かんでいた。

「ええ。メルセデスのスペアタイヤですね」

「そうだ。本当に危険、そう思ったら使え」

ブラウンはいい終えると、電話を切った。受話器をいったんおろし、僕は、弦木の部屋でメモをした『グレコ』の番号を押した。

「ありがとうございます。『グレコ・青山』でございます」

品はいいが、やけにトーンの高い男の声が答えた。

「お宅に行きたいのですが、場所はどちらでしょう」

男はていねいに答えた。表参道の交差点を、根津美術館に向かってわずかに下ったビルの地下だった。

「お待ちいたしております」

男はいって電話を切った。

電話ボックスを出ると、下調べのために青山墓地下に向かった。絶対に失敗は許されない尾行なのだ。しかも、片岡こずえが殺された以上、露崎の身にも監視がついていると考えてまちがいない。

その監視に僕がひっかかれば、万事休すだ。

『グレコ・青山』は新しいタイル貼《ば》りのビルの地下にあった。筆記体で書かれた看板がさりげなく立っているだけだ。場所を知らなければ通り過ごしてしまうだろう。

ビルの裏手に、数台分のスペースがある駐車場がもうけられていた。一階にあるヨーロッパカジュアルのブティックがその半分を占拠している。

露崎は車で来るだろう。ただし自分で運転してくるかどうかわからない。

羊子を呼び出し『グレコ』の内部で監視することを考えた。僕や彼女の顔を覚えられることを考えると、あまり賢明とはいえないようだ。

車を反対側の小路に駐め、自分は駐車場の近くで張り込む他はない。

もしそこで待っていてやって来ないようなら、徒歩なのだ。表側に回り込んで出てくるのを待てば良い。

ぎりぎりになって止める場所を捜す羽目になってはたまらないので、僕は狙《ねら》いをつけた位置に早速、車を置いた。一方通行の出口を少し奥に入ったところだ。

左側がケーキを売り物にする、ガラス張りのカフェテラス、右側がイタリア料理店だった。

イタリア料理店に入り、ビーフシチューとパスタで腹ごしらえをした。やたら店内が明るくて落ちつかないことを別にすれば、味は悪くない。

そこの公衆電話を使って羊子に連絡をとった。店の隅に箱型のボックスがあった。

「いい知らせと悪い知らせがあるんだ」

電話に出た羊子に、僕はいった。

「悪い知らせから聞かせて」

羊子は即座に答えた。

「片岡こずえが死んだよ。自殺だということになっているが、多分、殺されたのだと思う」

「なんてこと――」

羊子は息を呑《の》んだ。

「でもどうして……」

「露崎と沢辺の間をつなぐ唯一の存在だったからだと思う」

「露崎――神原の叔父さんはそのことを知っているかしら」

「まだ知らないと思う。というのは、こちらはいい知らせなのだけれど、僕は彼の電話を聞いたんだ。実は今、彼が別の人間と待ちあわせた場所の近くに張り込んでいる。うまく彼を見つけ、尾行していけば沢辺の居所もつきとめられるかもしれない」

「よかった。けれど、片岡さんはいったい誰が」

「君の兄貴をつかまえている連中だろう。つまり、露崎はまだ疑われているんだ。いや、というよりは、正体がばれているのかもしれない」

「じゃお兄ちゃんは!?」

「生きている、多分。なぜなら、もし片岡こずえが殺されたことを露崎が知ったとき、彼に仕事をつづけさせるためには、沢辺を人質にして脅迫する他はないから」

「………」

羊子は黙りこんだ。しばらくしていった。

「許せない。そんな奴ら、絶対に」

「露崎は、彼らを暴くために動いていたんだ。あべこべに捕えられたけれどね」

「しめ殺してやりたい」

静かにいった。

それは、かつて彼女が京都の高校でカミソリを武器に女番長をはっていたという話を思いおこさせるのに充分だった。

「沢辺を助け出してから、だよ」

僕は優しくいった。

「ごめんなさい。逆上しちゃった」

「しないでいろという方が無理さ。人が死んでいるんだ」

露崎が、こずえが死んだことを知ればどういった行動に出るか、ヘッドハンターのグループは予測している。その上で彼を動かしているのは、露崎を手足につかった後、最終的には、彼と沢辺を消してしまうつもりだとしか考えられない。

「それはそうと、今日の昼間、関谷という男が訪ねて来たよ」

「行ったの、やっぱり。あの人は〝セキケン〟という諢名《あだな》のもめごと処理屋なのよ。大阪じゃすごい顔で、暴力団の親分もさけて通るって噂《うわさ》の人よ」

「何というか、実にユニークな訊きこみをする人だね」

「スッポンマムシって陰じゃ呼ばれてるわ。スッポンみたいに一度食いついたら離れないし、マムシのように獲物を倒すって意味だそうよ。あの人が動き出しちゃったら、もう何をいっても駄目だと思うわ。何しろ、しつこいの。徹底的にくいさがる人だから」

「見てわかったよ。かなりやりそうだ」

「ええ。それにあんなにちっちゃいけど、ものすごく腕が立つの。そんなことにはならないと思うけど気をつけてね。いつも匕首《あいくち》を呑んでいるから」

「オーケイ。ただ片岡こずえが死んでしまった以上、簡単には事実をつきとめられないだろう。〝パパブラウン〟にあっさり会えるとは思えないし」

「そうね。でもコウさんも、とにかく気をつけて。警察にもそろそろ知らせた方がいいのじゃないかしら」

「警察へは、時期が来たら僕から連絡するよ。今のままじゃ証拠も何もないし、どうにもならない」

「わかりました。お兄ちゃんの居場所がわかったらすぐに知らせて。とんでいく」

「約束する」

別れを告げて、電話を切った。

これが最後のチャンスかもしれない。万一、露崎の尾行に失敗すれば沢辺を助け出す機会はなくなる。

電話ボックスを出て、エスプレッソを頼んだ。

濃いコーヒーは、片岡こずえが淹《い》れてくれたコーヒーを思い出させた。

彼女がどんな死に方をしたのか、明日でも調べてみよう、と僕は思った。


そのマークⅡが駐車場にすべりこんできたのは、九時半を少し回った頃だった。色は白、運転席に一人、後部席に二人の三人が乗っている。マークⅡは『グレコ』の指定位置に止まり、中から三人全員が降りたった。

露崎は後部席から降りた。

三人全員がびしっとスーツを着ている。運転席にいたのは、二十七、八の若者で、プラスティックのフレームがついた眼鏡をかけ、ボタンダウンにレジメンタルタイをしめている。紺のブレザーの下はベージュのベストだった。

露崎は、濃いグレイのダブルのスーツを着ていた。こずえは二年前といったが、写真よりも十は老けてみえる。最後に降りてきたのが、長身で黒のスーツを着けた男だった。頬《ほお》がこけ、ニキビの跡のようなアバタがあった。眉が太くて、その下の目が異様に鋭い。

僕は駐車場の向かいにあるマンションの一階から彼らを見つめていた。長身の男は、あたりに視線を走らせた。彼からは見えないとわかっていても、気持のよい目つきではなかった。

若者の方がにこやかな笑みを浮かべ、露崎に語りかけた。彼の肩を叩き、足を踏み出す。

露崎が一人だけ先に立って歩き、後ろからきた男たちが従った。

彼らがビルの反対側に回るのを見送り、僕はマンションの一階を出た。

早足で通りを渡ると、あとからいく男たちの後ろ姿が階段の奥に消えるところだった。

一度駐車場に戻り、マークⅡのナンバーをメモした。

弦木は地下鉄かタクシーでやってくるだろう。車の中にいても、彼が店に入るところを見張れるわけだ。

十時を十分少し過ぎたとき、通りのこちら側でタクシーから弦木が降り立った。茶のホームスパンのスーツにアタッシェケースを提げている。弦木は左右を見て、小走りで『グレコ』の階段に駆けこんでいった。

二時間を待った。

まず弦木が店から現われた。それから間をおき、露崎、男たちだった。一人と二人は、一見、無関係な様子で歩いている。あるいは店の中でもふたつのテーブルに分かれていたのかもしれない。

露崎がタクシーに乗りこむ弦木に封筒を押しつけた。男たちはその背後を歩きすぎ、ビルの角から送っている。

弦木の乗ったタクシーが発進し、遠ざかると、露崎が顔を上げた。長身の男が彼に頷いてみせる。

露崎は無言で周囲を見回した。それはなにげない動作だが、誰かを待っているようでもあり、監視する人間の存在を知っているような仕草でもあった。

男たちはそれに気づいてはいない。

露崎はゆっくりと二人に近づいていった。意志の強そうな顔の、厳しい瞳からは、あらゆる表情が削げ落ちているようにも見えた。

彼らがビルの向こう側、駐車場の方角に消えると、僕はエンジンを始動させた。

どこまでもはりついていく他ない。

マークIIは練馬ナンバーだった。動いたとしても、そう遠くへいくことはないだろう、と僕は思っていた。

舗道をまたぎ、マークIIは、ゆっくりと246の方向に向けて走り出した。例によって運転席には若い男がすわっている。あの二人は『ターシュ』に来て、沢辺を連れ出した連中のようだ。

マークIIが向かったのは、赤坂の方角だった。246から外堀通りに入り、すぐを右折する。

僕は慎重な運転をし、間に二台の車をはさんで追跡していた。ところが、マークIIはまたすぐに曲り、ホテル・ニューオータニに入った。僕は駐車場の入口を過ぎたところで車を止めた。エンジンをかけっ放しで車を降り、彼らがどうするかを見やった。

マークIIは、正面ロビーのロータリーで止まっていた。露崎と長身の男が降りる。そしてそのまま発進すると駐車場の出口に向かってきた。

彼らを追うべきだろうか。選択の瞬間だ。だが、ホテルの中では見失いやすいうえに、こちらの存在を気づかれる可能性がある。

マークIIを追う手だ。一瞬の判断で、車に戻りかけたそのときだった。

黒塗りのプリマスが僕の前で急停止した。

「あっちは、わてが追いますさかい、中の方、先生、頼んます」

後部席のウインドウが巻き下がり、関谷が顔をのぞかせた。

「関谷さん――」

関谷はぺこりと頭を下げた。

「すんません。実は先生を尾行させてもろたんですわ。こいつは運転がうまいでっさかい、任せておいてください」

運転席には、まだ二十そこその若者がすわっている。典型的なヤンキーの兄ちゃんだ。若者はガムをかみながら、僕には目もくれず、マークⅡの行方を追っていた。

僕は苦笑した。彼に尾行されていることに、ついぞ気づいていなかったのだ。

「わかりました。じゃ、あとは」

「へい、お電話しまっさかい」

プリマスはスキット音をたてて発進した。

僕はキイをひきぬき、走った。ロビーで追いつかなければ、完全に見失なってしまう。

駐車場を駆け抜け、ガラスのドアをくぐった。人影もまばらなロビーの中央に立って、あたりを見回した。

エレベーターホール。エレベーターの扉がしまりかける一瞬、濃いグレイの人影が見えた。

エレベーターの前に立ち表示板をにらんだ。どこだ、どこで降りる。七階で止まった。僕はすかさずボタンを押した。下りのランプがつく。彼らは七階で降りたのだ。

エレベーターが降りてきて扉を開いた。乗りこんで、七階を押そうとすると、

「キューズミー」

ロビーにいた白人の二人組が乗りこんできた。二人とも地味なスーツにネクタイをしめている。

「プリーズ」

先に押せと示した。仕方なく、僕は六階を押した。片方が七階を押す。

扉が閉まった。次の瞬間、後頭部で何かが爆発した。膝《ひざ》が砕け、視界が闇《やみ》に沈んだ。

目を開けた。長い時間眠っていたようだ。頭痛がひどい。吐きけもした。

天井が見えた。白一色だ。薬品の匂いもする。病院だということがわかった。

「どうだ?」

低い声が訊ねた。僕は声のした方角をゆっくりとふり返った。見なくとも、声の主が誰であるかわかっていた。

課長が木の椅子にかけていた。やはり病院だった。ブラインドのおりた窓に、自分が

横たわるベッド、スチーム、ハンガーにかかった衣服が目に入ってきた。

「なぜ、ここに——」

課長はゆっくりと腰を上げた。枕元に立ち、僕を見おろした。

「救急車が君を運んだ。君は、ニューオータニの廊下に倒れていたんだ」

「しかし」

「医者の話では、後頭部を殴られたあと、強い鎮静剤を射たれたということだ。ホテルで君を診た医者が、救急車を呼んだのだ」

ブラックジャック——そうにちがいない。あの白人がやったのだ。

「今、何時ですか」

「午前十一時」

起きあがりかけ、目を閉じた。アウトだ。すべてが消えてしまった。露崎を追うことはできなかった。あの二人組は、ヘッドハンターの仲間で、尾行する人間の妨害をするため、ロビーに張りこんでいたのだ。

「殺されなかっただけでもまし、ですね」

僕は息を吐いた。

だが、関谷がいる。彼らが何かをつきとめたかもしれない。スッポンマムシという、怖ろしげでもあり、ユーモラスな彼の諢名《あだな》を思いうかべた。

「拾いものをした、という顔だな」

「分けましょうか。頭の中でバスドラが今にも破けそうなほど、鳴ってますよ」

僕は目を閉じたままいった。課長は答えなかった。だがそばを離れたわけではないことは、気配でわかった。

やがて僕がいった。

「女子中学生、どうしました?」

「見つかった。自分から家に電話をかけてきた」

頷いた。

「どうしてここに?」

「身分証を見た、この病院の医者が、早川事務所に連絡をした」

「そうですか。それで、クビ、と」

「盗聴器の使用申請は、出しておいた」

目を開いた。課長の顔が真上にあった。オールバックの髪が、ずいぶん白くなった。皺の深い顔だ。不快ではない、煙草の匂い。

課長は僕を見つめ、口を開き、閉じた。くるりと背を向けて、椅子に戻った。

「ありがとうございます」

僕はいった。

「いや」

背広のポケットから煙草を取り出した。最近は着なくなっていた、地味な茶のスーツだ。シャツも元に戻り、普通の白地、ネクタイはそれこそ何度となく見た柄だ。

「灰皿、ありますか?」

僕は首をもたげ訊ねた。頭痛は軽くなり始めたのだが、舌の上に妙に酸っぱい味が残っていて、今度はそれが気になった。

「持ってる」

携帯用の灰皿を反対側のポケットから出した。

「君の家というわけじゃない。気を使うな」

「はい」

課長が火をつけ、くゆらせた。無言だったが、決していたたまれない雰囲気ではない。むしろ落ちつきを感じた。強力な保護者といるような、そんな気分だ。

「『国際監視委員会』は――」

課長がいった。

「君が考えているような、過激な右翼組織ではない。かつては、国際平和に多大な貢献をしていた時期もある」

彼を見つめた。吸い殻を灰皿に入れ、パチリと蓋《ふた》を閉じた。

「純粋な民間組織だ。日本やアメリカ、資本主義国家の財産家が出資しあい、作ったグループだった。もともとは、広く意見を交換しあい、それを国際平和に役立てる――そういった意図を持つ小グループだった。

やがて、委員会のための情報を収集するアシストグループが創設された。そのメンバーは、克己心が強く、いかなる状況下にあっても理想を裏切らない意志を持った人間で構成された。アメリカやヨーロッパ、日本からもそうしたメンバーが、委員会の選択にかけられた上で、グループに加わった。彼らは、普段は、本来の職業を持ち、家族を持ち、平穏な生活を営んでいる。しかもその生活基盤が、委員会活動によって破壊されることがないよう、他のメンバーは常にケアしている。そして、どんなことがあっても、メンバーは委員会との関わりは、他者に知らせてはならないという、厳しい法律がある。たとえ、家族に対してもだ」

僕は体を起こした。

「煙草を一本、いただけますか?」

ショートピースは、乾燥した病院の空気の中で吸うと、妙にいがらっぽかった。

「メンバーが委員会の活動に従事している間、委員会は彼に〝サテライト〟と呼ばれる支援者をつける。〝サテライト〟は厳密にいえば、アシストのグループメンバーではないが、委員会の主旨を理解し、協力の意志を持つ人間だ。ただし〝サテライト〟は、委員会に関する詳しい情報は持たない。すべての事実関係はメンバーが把握するだけだ」

「今どき、そんなに奇特な正義の使者がいるとは信じられない」

「いるのだ」

課長は微笑した。

「数は多くはないが、彼らは資本主義陣営の利益と平和のために活動している」

「彼ら……課長は何なんです。どうしてそこまで知っているのです？」

「引退したのだ。十一年前だ。現職の警官時代に私はスカウトされ、アシストグループのメンバーになった。そして引退する少し前、早川法律事務所に移った。所長の早川弁護士が委員会の委員だったからだ」

額の上に手をかざし、呟《つぶや》いた。

「なんたる……」

「早川弁護士も私とともに委員会を抜けた。私たちは幾度も話しあった。その上で、当時の委員会が向かおうとしている方向についていけないと悟ったのだ」

「僕の聞いた話では、そうした不平分子には容赦をしない組織だということでしたが」

「その傾向が強まったのは近年のようだ。メンバーのうちの何人かが買収や脅迫に屈するという不祥事がつづいたらしい」

「なるほど」

「しかし今でも、私は委員会の委員とグループのメンバーを尊敬している。彼らは微々たりとはいえ、無償の行為で、西側世界に貢献している」

「沢辺がそれに巻きこまれたんです。殺される可能性があります。僕は彼を救おうと思いました」

「知っている。私は早川弁護士と相談し、古い電話帳をひっぱり出した。現役のメンバーと連絡をとり、状況を把握しようと試みたのだ」

「で、どうなりました」

「メンバーも困惑している。予測しえない事態が進行しているようだ」

「予測しえない事態！」

　僕は叫んだ。

「何をいってるんですか。僕の友人が、一番の友人が、今この瞬間にも殺されかけているんです。既にひとり殺《や》られた。片岡こずえ、あなたがたの昔の仲間の愛人だった女性だ。その仲間、露崎という男ですが、彼だって危い。何も知らずに、捕えられた沢辺も同じだ。

　なのに、その国際平和を守る委員会とやらは、予測しえない事態と呼んでいる。何を考えているんです!?　大義の前には、人命などどうでもいいのですか。ウルトラ右翼どころか、それじゃ神風だ。玉砕ですよ。狂ってるとしか思えない」

課長は、僕の怒りの発作を無言で見つめていた。やがていった。

「彼らが殺されたと、まだ決まったわけではない。落ちつきたまえ。誰も、露崎や沢辺君を見殺しにするつもりはないのだ」

「では委員会はどういう手を打つと？」

「不用意な接触は危険だと考えている。慎重に監視する他はないだろう」

「監視？　誰をですか」

「君がマークした人物だ。そのために盗聴器を持ち出したのではないか」

僕はしぶしぶ頷いた。

「いいでしょう。で、彼らがいう予測しえない事態とは何なのです？」

「第三者の介入だ」

「僕のことですか」

「それもある。だがその他に組織的なグループが、ヘッドハンターたちを追いかけているようなのだ」

「課長はどこまで知っているんです」

「おおよそのところだ。私は〝パパブラウン〟と会い、彼と情報を交換しようと思っている。仲立ちをしてくれるかね」

僕は課長を見つめた。

「委員会に復帰するつもりなのですね」

「この一件に関してだけだ。同じ日本国内で起きている以上、見過すわけにはいかない」

「露崎を知っていましたか?」

「いや」

課長は首を振った。

「委員会とアシストグループは、委員同士をのぞけば、ひどく連絡に乏しい組織なのだ。私が知っている人間はごくわずかに過ぎない。早川弁護士と今回、連絡をとった人物。ひとり親しい友人もいたが、彼は任務の途中で死んでしまった」

「わかりました」

僕は頷いた。

「〝パパブラウン〟に連絡をとってみます。それから、関谷健という男を捜して下さい。昨夜、僕のかわりにヘッドハンターの連中を尾行していった男です。大阪からやってきた事件屋で、沢辺の父親に雇われています」

「わかった。君はどうする」

ベッドから両足をたらして首を回した。頭部全体にあった痛みは、今ではうしろの方に移動していた。

「車を取って、一度部屋に帰ります。連絡が入っているかもしれません。もし課長がオフィスに戻るのなら、〝パパブラウン〟と連絡がとれ次第、知らせます」

「了解」

課長は立ちあがり、病室のドアに向かった。彼がノブに手をかけたとき、僕は訊ねた。

「課長、どうして課長は、委員会の名を聞いたとき、僕に、事件から手をひかそうとしたのですか？　仕事へ戻るよう強くいったのはそのためなんでしょう」

課長は佇《たたず》んで僕を見つめた。

「そうだ。君にやめさせようと思った。まさか君の口から委員会の名を聞くとは思わなかったし、もし彼らが関わっている一件ならば、非常に危険だと考えたのだ。私は、君に死んでもらいたいとは思っていないからだ」

「しかし今は、自分から関わっている」

「そうだ」

課長は低い声でいった。

「その理由がなぜだかは、いずれ君に話す。ときが来ればだ。今回の件とはまったく関係のない理由だ。今は、それだけしかいえん」

僕が黙っていると、課長は病室を出ていった。

結局のところ、十年近くその下で働いてきて、僕は彼のことをほとんど知らなかったわけだ。だが今日知った事実を、以前から知っていたとしても、僕自身の生き方が変わったわけではない。

人生において、本当に必要な事実など、ほんのわずかなものなのかもしれない。僕は息を吐き、洋服に手をのばした。

9

「なぜ奴らは、僕を殺さなかったんだろう」

僕がいった。羊子の作ったカレーは、僕の希望通り、とびきり辛かった。

僕の部屋を羊子が訪れたのは、四時過ぎだった。僕は彼女に、起きたことすべてを話し、質問にも答えた。唯一、課長が委員会のOBであったことだけを黙っていた。

八時にスタジオ入りを控えた羊子は、それまでの時間を僕と過ごすために来たのだ。

夕食を羊子が作った。そして、彼女が作詞作曲、そして歌の他にも才能があることを僕は知った。

買い出しに出かけた時間も含めて、わずか二時間足らずで、彼女は料理を作った。しかも圧力鍋のない僕のキッチンで、どうやったら、肉や野菜があれだけの短時間のうちに柔らかく煮あがるか、まったくの謎《なぞ》だった。

「お願い、おどかさないで」

羊子がスプーンを運ぶ手をとめていった。

「連中は、片岡こずえをあっさり殺している。にもかかわらず、僕は殺《や》らなかった。充分そのチャンスはあった筈だ。どうしてだろう」

「とにかくコウさんが彼らを追っていることは、知られてしまったのよ。これ以上関わるのは危険だわ」

「だけど、警察を納得させるような証拠を、僕は何も持ってない。彼らは動かないよ」

「片岡こずえが死んでるわ」

「あれは、自殺として片づけられてる。殺人だという証拠は何もないんだ」

車を取った帰り、僕は皆川課長補佐を通じて、片岡こずえの鑑識結果を手に入れていた。

こずえは睡眠薬を飲んだ上に、自宅浴槽内で手首を切っていた。遺留指紋、ためらい傷、その他を調べた上で、下された判断は自殺だった。遺書はなかった。

唯一、警察が問題にしたのが、同棲相手と覚しい男、露崎の行方だった。しかし、彼の姿を、同じマンションの住人がここしばらく見ていないことから、動機の点での関連はあっても、自殺そのものには関わっていないという見方をとっていた。

「露崎が、こずえの死を知れば、何が起きるかわからない。それまでには、どうしても捜し出さなきゃ」

　こずえの死は、今日の朝刊に小さくのっただけだった。露崎に、新聞を読む自由が与えられていれば、彼は知ったことになる。

「あとはじゃあセキケンの連絡待ちね」

　羊子は、自分の食事にほとんど手をつけていなかった。

「そうだ。彼が尾行にうまく成功してくれているといいのだが」

「〝パパブラウン〟にはいつ会うの？」

「今夜零時。僕が彼の持つ店に行くことになってる」

「私も行ってはいけない？」

「スタジオはどうするの」

「とてもレコーディングなんて気持にはなれないわ」

「いけない。僕と会っているだけでも、ひょっとしたらひどい危険をおかしているのかもしれないのに。絶対にいけない」

「じゃあどうすればいいの」

　羊子は涙をうかべた。

「お兄ちゃんも心配、コウさんも心配。でも私にできることは何もないの」

　答えられなかった。彼女の気持が痛いほどわかり、そして嬉《うれ》しかった。

「ねえ！」

羊子は真剣な眼差しで僕を見つめた。

「そりゃ、私が行けば足手まといだということはわかるわ。でも何かをしていたいの。さもないと心配で、おかしくなっちゃう。コウさんは、誰かを尾行するたびに怪我《けが》をしてくるわ。このあいだは肋骨、今度は頭。私嫌よ。お兄ちゃんとコウさんのお葬式ふたついっぺんに出るなんて」

「………」

「お願い、わかって」

「僕だって、君の歌がもう聴けなくなるのは御免さ」

羊子はうつむいて、静かに泣き始めた。

「ごめんなさい。私が願ってもどうにもなるものじゃないのに」

彼女を見つめた。

「何を願うんだい」

羊子は顔をふき、首を振った。

「何でもない」

「待った。教えてくれ、何を願うんだ」

息を吐いて僕を見つめ、苦しげな笑みを浮かべた。

「またあなたのために歌をうたいたいってこと」

「二人だけで？」

訊いた。喉《のど》がかすれて、うまくいえなかった。

「そうよ」

「どこで？」

「どこでも」

鼻をすって羊子はいった。

「ギャラが僕には払えない」

「意地悪ね」

羊子が殴りかかってきた。拳《こぶし》で僕の肩を打った。その腕をつかみ、ひきよせた。ピーターパンのようなミニドレスを着ている。暖かくて、気持のいい香りが顔をおおった。

僕は不意に息苦しくなった。彼女を強く抱き、彼女がそれに応《こた》えた。

どうすればいいのだ、馬鹿野郎。自分に詰問した。兄貴が殺されかけているというのに、妹を、抱きたいと思っている。常にそばにいてもらいたいと思っている。

彼女は寂しいのだ。不安なだけだ。決して本気になっているわけじゃない。

全身に力をこめた。体中が熱かった。心も熱かった。

沢辺が戻ってさえくれれば、僕は確かめることができる。彼女の気持が本物かどうかを。

そして悠紀。

今はあまりにも遠い、その存在にかわるものを、手に入れられるかどうか知る。そのためには追いつづけなければいけない。沢辺を見つけ出し、救わなければいけない。

それが不可能であれば、僕には羊子を抱く資格はない。自分を許せなくなる。自分を許せないことだけはしたくない。

さもなければ、僕は僕でいられなくなる。


羊子は七時三十分に、僕の部屋を出ていった。僕には自分の気持をうまく彼女に伝えられたという自信がなかった。だが、とにかく語った。彼女は納得し、僕らは別の話題を選ぼうと、苦労した。結局、その苦労は実らず、僕らの別れは、いささかぎこちないものとなった。

関谷からの連絡は一向になかった。あるいは彼は、協力を断わられた腹いせに、すべてを自分のペースで進めようとしているのかもしれなかった。

もし沢辺がそれで助かるのならば、僕はかまわなかった。〝先生〟と呼ばれた僕の、探偵としてのプライドなど、どうでもいい。

探偵としてのプライドを示すなら、もっと別の場所がある筈だ。それはたとえば、どんな妨害を受けようと、一度関わった事件から手をひかぬことであり、納得するまでは調査をあきらめぬことだ。

八時を少し過ぎた頃、電話が鳴った。

「何が起こっているんだ？」

警視庁の皆川課長補佐だった。彼の口調には、冷ややかな怒りがこもっていた。

「どうしたんですか」

「こちらが訊いている。君は、今日の昼間、理由は訊かずに、白金で起きた自殺の鑑識結果を教えてくれといってきた。私はそれに答えた。もし重大犯罪が関わっているのなら、必ず君は教えてくれると信じていたからだ。

その日のうちに、今度はこれだ。どうなんだ、何が起きてる⁉」

身体が冷たくなる不安に、僕は受話器を握りしめた。

「どうしたっていうんです？」

くり返し訊ねた。

「自分の目で見るかね。死体がふたつだ」

「場所は？」

不安がふくれあがった。沢辺と露崎だろうか。

「有明の貯木場だ。急いだ方がいいな」

皆川課長補佐は、そっけなくいって電話を切った。死体が誰のもので、どうして僕のところに電話をしてきたかは、不明のままだ。

皮のブルゾンを着、ツイードのスラックスにブーツをはいて部屋を飛び出した。

地図を見るまでもなく場所はわかっていた。行けば、人だかりとパトカーの存在で、はっきりとした位置を知ることができる。

できうる限りのスピードで突っ走った。たとえ尾行されていたとしても、ついてくるのが容易ではなかった筈だ。

四谷から江東《こうとう》区の有明まで三十分足らずで到着した。

現場は首都高速の真下で、大半が資材置場や工事現場で占められている埋立地だった。

何台ものパトカーと覆面パト、そして鑑識車が赤いランプを回している。紺の制服に裏地のついたジャンパーを着た機捜の人間が、ハンドライトを手に動き回っていた。

「こっちだ」

車を止め、近づいていくと、人垣が割れ、皆川課長補佐が手を振った。

そのあたりには警官が集まっているだけで、死体の存在を示すものは何もなかった。

僕は錆《さ》びた鉄骨をまたぎ、呼ばれるままに雑草ののびた荒れ地をよこぎった。

皆川課長補佐は長身にグレンチェックのスリーピースを着け、上にジャンパーを羽織っていた。隣には、岩崎という、これも知りあいの刑事が立っている。

皆川課長補佐は厳しい目で僕を見すえた。海からの風に遮蔽物《しやへい》のない一帯だ。風がもろに顔を打ち、鼻と耳を凍らせた。

「来たまえ」

くるりと背を向け、歩き出した。僕は無言で従った。

鉄条網をくぐり、積みあげられた木材の山を回りこむと人だかりが見えた。そこにいるのも皆、警官ばかりだった。

黒い車体が見えた。そしてそれが海からひきあげられたことを示す、強い潮の香りが鼻を衝いた。

プリマスだった。かたわらにビニールシートで被《おお》われた死体が並べられていた。

岩崎が僕と皆川課長補佐の顔を見比べ、かがんだ。無言でシートをはねのける。

関谷と運転手の若者が、僕を見上げた。瞠《みひら》いた目に、奇妙なほど表情がなかった。

そして、その顔には、明らかに拷問されたとわかる無数の、むごたらしい傷跡が残っていた。

汚泥が髪やその傷の上にへばりついている。

「水底の泥が異様に舞いあがっているのに不審を感じた釣り人から通報があった。しばらくたって車であることがわかったのだ。遺体の所持品の中から、君の名と住所を書いた手帳が見つかった」

皆川課長補佐がいった。

「何者だ？」

「関谷健、通称、セキケン。関西のもめごと処理屋です。きのう僕の家を訪ねてきました。若い方は運転手です」

「何のために」

「彼の仕事です」

僕は関谷の死体を見おろしたまま答えた。すべての糸が切れてしまった。

皆川課長補佐がいらだったようにいった。

「彼は何をしていたんだ？」

「失踪人調査です」

「誰を捜していた？」

僕は初めて視線を外し、皆川課長補佐を見た。

「沢辺です。僕の友人の」

皆川課長補佐が鋭い目で僕を見つめた。

「彼はまだ行方不明なのだな」

「ええ」

「この男を雇ったのは誰かね」

「沢辺の父親でしょう」

僕はその名前を告げた。皆川課長補佐が瞬きした。

「実の息子なのか」

「そうです。腹ちがいの妹があとひとり、東京にいます」

皆川課長補佐は大きく息を吐いた。そのとき、紺の制服を着た刑事の一人が彼を呼んだ。皆川課長補佐は、彼のそばにいった。立ち話をしながら、視線を、木材の山の向こうへ飛ばす。刑事もそちらからやってきたのだ。

やがて話が終わると、皆川課長補佐は戻ってきて僕にいった。

「この男を殺した人間に心あたりはあるかね？　拷問までして」

首を振った。

「まったくありません。沢辺がどこにいて何をしているのか、何の手がかりもありませんでした」

そのとき僕を見た皆川課長補佐の目には、まるで信ずる気持がないことが表われていた。

「わかった。もういい、行きたまえ」

突然、彼はいった。怒りやさまざまな疑念を、自分の身中から放り出すようないい方だった。

僕は戸惑い、訊ねた。

「二人の死因は？」

「射殺だ。二人とも至近距離から心臓を撃ち抜かれている。死んだあと車に乗せられ、放りこまれたのだ」

「銃は？」

「見つかっていない。多分、明日、渫《さら》うことになるだろう。行きたまえ」

突然の変化が理解できなかった。皆川課長補佐は、本来なら、僕の油という油をすべてしぼりだしたい気分だったにちがいない。

だがそうしなかった理由を、車から離れて歩き出し、木材の山を回りこんだときに知った。

一人の男が待ちかまえていて、僕に身分証を見せた。

「佐久間公さんですな」

中背で、白いステンカラーにツイードのジャケットを着けている。ジャケットの下がボタンダウンのシャツに渋いレジメンタルタイであることを、僕は見とった。

「お話を聞かせていただいて、よろしいでしょうか」
三十七、八だろう。洗練され、いやみがない。人間くささもあまりなかった。そのためにファッションに気をつかっているのかもしれない。

「梶本《かじもと》さんは元気ですか」

僕はいった。男はちらっと笑みを見せた。

「元気でおります。お話を是非うかがいたいと申しております」

内閣調査室は、僕に作った借りを忘れてはいないだろう。だが返す気があるかどうかとなると怪しいものだ。

初めて内閣調査室の梶本に会ったのが、留学生をめぐる事件で、四年前だった。その後、一人の若者が狂信的な右翼老人の手によってテロリストにしたてあげられるのを防ぐために、もう一度会った。若者のテロ活動を阻止することはできた。だが、そのため目的を失くした若者は自殺した。

僕は自分が殺したのだと思っている。忘れることはできない。梶本に会えば、二年前のその事件を思い出しそうだった。

男は僕を、黒塗りのメルセデスへ誘った。

二年前も同じ車だった。梶本は、車の中で話すのが好きなのだ。ぐるぐると走り回る車の中からは国家機密が洩《も》れないと信じているのかもしれない。

後部席に彼がいた。がっちりとした体をキャメルのスーツで包み、メタルフレームの眼鏡を僕に向けている。

紳士的で冷ややかで、妥協を知らない。

迎えに来た男が助手席にすべりこむと、メルセデスは発進した。すべてが、二年前、四年前と変わらない。話が終わるまではドライブはつづくだろう。

「久しぶりです」

梶本は微笑んだ。

「驚きませんよ。驚きたくない。どこで内閣調査室が関わっているんです」

「ほんの少しです。大外から、わずかだけ」

「信じられない。なぜです。なぜ、ここに？」

梶本の笑いは消えなかった。

「『国際監視委員会』ですか」

僕は訊ねた。彼が知らぬ筈はなかった。知らなければここまで出向いてこない。だが、僕がこの件に関わっていることは、どうして知ったのだろう。

「何を狙《ねら》っているんです？」

「佐久間さんは？」

「友だちを助けたい。それだけです」

「利害が一致するようですな、今回も」

彼の顔を見つめた。真剣な表情だった。

「あなたが追っているのは、〝ベースJ〟と呼ばれているヘッドハンティンググループです。日本人だけで構成されていますが、資金源でありクライアントとなっているのはソビエト政府です。驚くにはあたらないことですが、彼らの接点となっている男はKGBのメンバーであると、私たちは見ています」

あっさりといった。

「〝ベースJ〟はこれまでにも、何人かの技術者を日本から連れ出しています。行先はたいてい当初は、チェコスロバキアや東ドイツ、ハンガリーといった東欧諸国になっています。無論、そこからソビエト本国に移されるわけですが」

「そういった技術者たちは、行先を知っているのですか」

「まれにそういったケースもあります。しかし大半がスイスであるとか、ベルギーといったヨーロッパ資本主義国の企業に引き抜かれたと信じているようです。〝ベースJ〟は、そのため、獲物を説得するための舞台装置をヨーロッパに持っているといわれています。また、アメリカに比べ、ヨーロッパの企業は、さほど日本人に知られていませんからね。事実、一度は、西欧に身を落ちつけているのですよ。そして、しばらくたつと、行方不明になる」

「しかし、彼らに強制労働をさせることはできない」

「どうやっているのか。私たちにも不明です。あるいは技術者たちは、最後まで欺かれているのかもしれません。そう、可能性はあります。ただ、ひとつわかっているのは

〝ベースJ〟にスカウトされヨーロッパに渡った日本人は、ただ一人として戻っていないということです。我々が〝ベースJ〟の存在に気づいたのは、ほんの数カ月前でした。それも厳密にいえば、知らされて気づいたのです」

「誰にです？『国際監視委員会』に？」

梶本は答えなかった。

「内閣調査室は、委員会に協力しているのですか？」

「とんでもない」

梶本はきっぱりと否定した。

「ではどうして僕に？」

課長の言葉にあった、第三者のグループとは、内閣調査室のことだろうか。

「〝ベースJ〟の実態をつかむこと、それが私の狙いです。同じ獲物を追う者同士が情報を交換して損はないと思いますが」

梶本は落ちつきはらっていった。

「僕はまだあなたに何も提供していない」

「そう。ですからこれからお聞きできると思います。特に、佐久間さんが関心を持っているのは、露崎という男の動向だと思いますが？」

僕は彼を見つめた。メルセデスは、首都高速上を快適に飛ばしている。

「なるほど。最初から話した方が良いようですね」

「そう願えれば」

　パパブラウンと課長の名を外し、沢辺の失踪にまつわる経緯を彼に語った。露崎と沢辺の関係にも触れた。梶本は、片岡こずえの死も、弦木がターゲットになっていることも知っていた。

「僕は、露崎と弦木の尾行を何者かに妨害されました。残る望みが、関谷でした。彼が殺された今は、もう一度ふり出しに戻って、弦木を張り込む他ありません」

「関谷はなぜ殺されたと思います？」

　梶本が訊ねた。

「わかりません。尾行に気づかれたからかもしれません。ただわかっているのは〝ベースＪ〟のやり口がひどく荒っぽくなってきたということです。片岡こずえを殺し、今度は関谷です。いつ、露崎や沢辺が殺されるかわかったものじゃない」

「弦木が日本を出るまでは、露崎は安全でしょう。〝ベースＪ〟は、自分たちを疑い、調査している存在があることに気づいています。もし私が〝ベースＪ〟の人間ならば、弦木を出国させたらしばらくはおとなしくします。そして、弦木に関する一切の痕跡《こんせき》が露崎に残るよう仕向けてから、彼を始末します。そのため、今自分たちを嗅ぎ回る人間や、危険な存在となりそうな人間を消しているわけです。おそらく、ＫＧＢの指示に基づいているのでしょうが」

「露崎がどこにいるか、あなた方にはわかっているのですか?」

「それは私にもわかってはいません。もしわかれば、佐久間さんにもお知らせします」

それが、彼が望むものすべてを手に入れた後であろうことは、想像に難くなかった。

「〝ベースJ〟の接点になっているKGBの男は何というのです?」

「それも不明です」

「嘘《うそ》だ」

僕ははっきりと気づいた。彼らは知っている。知っているが手出しをしないのだ。弦木が日本を出た後、どこに連れていかれるのか、それをつきとめるために泳がせている。

露崎や沢辺の生命が危険にさらされようと、彼らにとっては情報が優先するのだ。

「あなたは知っていて、僕に教えようとはしない。今日、こうして僕に会ったのも、さほど重要ではない情報を餌に、僕がどれほど〝ベースJ〟の実態をつかんでいるか、知るためだったんだ。もし僕が彼らの所在を知れば警察に協力を仰ぐことによって、ヨーロッパにまでつながる手がかりを滅茶苦茶にしてしまう。あなたは、それを恐れたんだ。僕が、警告を受けたとしても、手を引かない人間であるとあなたが考えているから」

「もしそうなら、佐久間さんを逮捕させることも難しくはありません。あなたを動けなくすればすむわけですから」

梶本は無表情でいった。

「ではどうしてそうしないのです？　僕が彼らの手がかりをつかむことができないと、確信しているからですか？　それとも僕にまだあると思っている〝借り〟のせいですか」

梶本はルームミラーに向けて合図をした。メルセデスが首都高の出口に行先を変えた。

「あなたのやり方は少しも変わっていない」

僕は静かにいった。

「目的をとげるためであれば、いかなる手段も問わないんだ。警察から僕をひき離し、圧力をかけ、僕が警察の協力を得られないようにした。四年前、あなた方は僕を囮《おとり》に使った。今回は、露崎が囮にされている。あなたはいつも物陰に隠れ、自分は決して、手を汚すことも危険をおかすこともなく、望みのものを手に入れるんだ。犠牲は問わない。人がどれだけ死のうと、傷つこうと、一切、気にかけない。おそらく、そうでなければやっていけないのでしょう。

冷酷でなければ、非情でなければ、国家の安全は守れないのでしょう。僕はよかったと思う。自分が、つまらない失踪人調査の仕事をする、国の安全とは何の関わりもない、しがない探偵でよかったと思う。友だちのために、自分の体を賭《か》けることができる。危険をおかすことができる。おそらくあなたにはわからない。なぜなら、あなたは、一生そうした友だちを持つことができないからだ。

立派ですよ。あなたは決して失敗をおかさないにちがいない。悲しむこともないにちがいない。あなたは機械だ。冷静なマシンなんだ」

メルセデスが止まった。僕の車が、ヘッドライトの中に浮かんでいた。

梶本の表情はまったく変わってはいなかった。ただ、笑みを浮かべてみせることだけはしなかった。この場にそぐわないと考えたのかもしれない。

僕は大きく息を吸い、いった。

「素敵なドライブでした。ありがとう。そしてもう二度と招待されないことを願ってますよ」

「佐久間さん」

僕がメルセデスから降り立つと、梶本がウインドウを下げた。

「私が、あなたの考えているような冷酷な機械でないことを証明しましょう。KGBの男の名は、トーマス。ジェラルド・トーマス。無論、本名ではありません。六本木で輸入家具の店を経営している男です。連絡場所としてよく使っているのは、『法王』という名のワインバーで、彼の店のすぐそばにあります。おそらく死んだ男を拷問にかけたのはトーマスでしょう」

「どうしてそれを？」

梶本は苦笑した。

「お詫《わ》びです。今日は、本当はそれをいいたかった。ニューオータニであなたを襲ったのは、〝ベースJ〟ではなく、こちら側の人間だったのです」

小さな店だった。〝パパブラウン〟がディスコの他にこのような店をやっていることを、僕は初めて知った。

店の名は『48』といった。大理石のカウンターにアールデコ調のテーブルが並んでいる。ショートジャケットを着けたウエイターやバーテンダーはすべて黒人だった。店の隅にピアノがあり、そこでは赤いドレスを着た黒人のおばあちゃんがピアノを弾いていた。

〝パパブラウン〟は、店の一番奥にある皮のチェアに体を埋めていた。コーナーのスタンドはわざとそうしたのか、明りが点っていなかった。おかげで、巨大な陰が闇の中にうずくまっているように見えた。隣に課長がすわっていた。〝パパブラウン〟と約束を交してすぐ、僕は店の名と場所を彼に告げたのだった。

〝パパブラウン〟の前には、ミネラルウォーターの壜《びん》とグラスが、課長の前にはシェリー酒の入ったグラスが、おかれていた。

二人は向かいに腰をおろす僕を無言で見やった。僕は遅刻したのだ。

「何があったのだ」

課長が訊ねた。

「関谷が殺されました。殺される前に、拷問を受けて」

僕は梶本の話を聞かせた。

二人は無言で聞き入っていた。話が終わると、課長が煙草に火をつけた。

「サクマ、君を襲った人間の見当が、私にはつく」

ブラウンが巨大な掌をグラスにのばして呟《つぶや》いた。

課長がブラウンを眺めた。奇妙なとりあわせだ、と僕は思った。だが二人ともそれに気づいている様子はない。

巨大な黒人と、小さくて地味な中年男。

「CIAだ」

ブラウンは水をひと口飲み、いった。

「多分そうだろう。〝ベースJ〟の存在を内閣調査室に知らせたのもCIAにちがいない」

課長が低い声でいった。

「それならわかる」

僕がいった。二人は僕を見つめた。

「梶本がなぜ、僕に情報を洩《も》らしたのか、ここへ来るまでの間、僕はずっと考えてきたんです。おそらく、梶本は、自分の縄張りをＣＩＡの連中がかき回すのが面白くないのでしょう。〝ベースＪ〟をマークしていたＣＩＡが、自分たちの監視を彼らに気づかれぬために、僕をノックアウトしたわけです。彼らは僕の身分を調べ、拘束するように梶本に依頼した。あるいは命じたのかもしれない。ＣＩＡと内閣調査室がどれほど仲良しかは知りませんが、彼の様子を考えると、プライドにとっては負担になる存在なのかもしれません」

「ＣＩＡ」

ブラウンはもう一度、呻《うめ》くようにいった。

「なぜ彼らは、急に動き出したのだ。委員会から通報を受けたのだろうか」

「それならば、私の知人も知っていた筈だ」

課長がいった。

「第三者の介入に気づきながらも、どうすれば適当であるか、彼も迷っているようだった」

「疑問の余地はありません。露崎と沢辺を助け出すだけです」

「どうやって？」

ブラウンが訊《たず》ねた。

「梶本が僕に名を教えた男、ＫＧＢのトーマスを使いましょう。彼を叩けば、露崎や沢辺を含む〝ベースＪ〟の居所がわかる筈だ」

「ＣＩＡが黙っているかな」

課長がいった。

「トーマスは、連中にとって、いわば大切な持ち駒だ。それを横あいから、情報機関でも何でもないグループがさらったら、放ってはおかんだろうな」

「ＣＩＡがどれだけ頭の毛をかきむしろうと知ったことじゃありません。沢辺を救い出せればいいんです」

僕がいうと、課長は苦笑を浮かべ、ブラウンを見た。

「梶本もそれを見こしていたのかもしれんな。彼は、君がそういう動きを当然起こすと知っていて、トーマスの名を告げた。つまり、ＣＩＡに君がひと泡ふかすところを見たいのかもしれん」

「彼ならそうするでしょうね」

僕は認めた。

「いくら安保条約があるとはいえ、自分のテリトリーででかい顔をする連中に黙って従う男ではありませんよ」

「知っていて利用される気なのだな」

「他に手がありますか。弦木を見張り、露崎や〝ベースJ〟の人間を押さえたところで、沢辺が助け出せるとは限らない。しかも次にいつ弦木が露崎と会うか、見当もつかない。それが最後の会見ということになれば、沢辺はアウトだ」

「サクマのいう通りだ。トーマスは、CIAの監視を受けているだろうが、奴の口を割らせる他に、ツユサキやサワベの居場所を知る手はない」

「トーマスをいくら監視したところで、〝ベースJ〟の本拠地に出向くとは思えんしな。KGBの人間が、そのような不用意な行動をとる筈《はず》ない」

「ただし」

僕は二人にいった。

「そうなったとき、委員会はCIAを敵に回すことになります。委員たちが、それを容認しますかね」

課長はブラウンを見た。

「ミスターブラウン、このことにあなたは関わりがない。私はOBの身だ。すべて私が指揮をとったことにしよう」

「待て。ツユサキは私の友人だ。サクマが沢辺を心配するのと同様に、私も彼を心配している。たとえ、委員会に攻撃される立場になるとしても、私も手を引くことはしない。私にとって最も望ましくないのは、何もせずに友人を失なうことだ。だからこそ、私はサクマにすべてをうちあけた」

「いいだろう」

課長は頷いた。

「待って下さい。課長こそどうして、関わるつもりになったんですか。僕のためですか。それなら課長こそ手を引くべきです」

「ここで騎士道精神の持ちあわせを確認しあっても何の意味もないぞ」

課長が鋭くいった。

「それに、なぜ私がやるのか、それはいずれ君に話すといった筈だ」

「わかりました」

パパブラウンが面白そうに僕を見つめていた。彼は何かを知っている。

僕がここにやってくるまでの間に、課長はブラウンに何かを告げたのだ。それによって、なぜ初老の法律事務所員が、十年以上前の仕事に戻って、あえて危険をおかすかを知った。

だからこそ、何もいおうとしない。

もし課長に何かが起きれば、彼が話してくれるかもしれない。僕は、課長には身よりがいなかったことを思い出した。奥さんとは、何年か前に死に別れ、確か子供はいなかった筈だ。

「それより、いったいどういう方法をとるかだ。相手は米・ソ両方の現役の情報員だ。簡単にはいかない筈だ」

「トーマスがあっさり口を割るとも思えませんしね」

僕がいった。

「それについては、私に任せろ」

ブラウンが口をはさんだ。

「トーマスを私に渡せば、私が口を割らせる。もし、君たちが、多少の流血に目をつぶるなら」

無表情に戻っていた。

「そう。ミスターブラウンなら大丈夫だろう。ただし殺してもらっては困る。トーマスの身柄は、最終的にはCIAに渡さなければならない。さもないと、我々が今度は、KGBに狙われる羽目になる」

僕は思わず首を振った。笑いがこみあげてきたのだ。

「なんて状態だ。どっちを向いても敵だらけですよ。しかも相手は皆、選りすぐりのプロときている」

「別に驚くことはないさ。それに君だってプロの筈さ。人を捜すことにかけては、彼らよりもすぐれているかもしれん」

課長がいった。

「いいでしょう。それならやれるだけやってみるまでだ」

僕は微笑んだ。

「それから、トーマスは梶本に渡しましょう。せっかく僕に情報をリークしてくれたのだから。それぐらいの礼はすべきです」

「これで、君と内閣調査室は貸し借りがなくなるな」

「早くそうなりたいと思っていたんです」

10

関谷を拷問した人間の目的は、誰が、何のために〝ベースJ〟を追っているかを知ることだったにちがいない。

奇妙だが、僕には、関谷が口を割らなかったという確信めいたものがあった。ほんの短い間しか話さなかったが、彼もまた強《したた》かなプロだったのだ。

筋金入りといってもよいだろう。であるからこそ、あそこまで酷い目にあわされたのだ。

彼が口を開いていれば、沢辺はまっさきに処分を受ける。事情をほとんど知らぬとはいえ、関谷にそれがわからぬ筈がない。

彼は沈黙を守り通したのだ。

僕は、留守番電話で、羊子に、しばらく連絡がとれなくなる旨を伝えると、ジェラルド・トーマスの監視体制に入った。

彼を監視するのは容易なことではなかった。彼自身、常に監視する者の存在に注意を払っているだろう上に、もうひとつ別のグループ——ＣＩＡも彼を見張っているとみてまちがいないからだ。

翌日の二時過ぎ、僕は車を六本木の駐車場に入れ、交差点を渡っていた。

結局、この街ですべてが始まり、この街に戻ってきた。

トーマスの店は、電話帳にも載っているほど立派な、どこから見ても怪しげのない家具店だった。

主に、北欧からの輸入家具を扱っていて、場所は、六本木の交差点から飯倉《いいくら》に向かう途中の左側のビルにある。飯倉片町にかなり近い場所だ。

ビルの二階の半分を陳列場が占めていて、そこには、ソファ、テーブル、サイドボードといった品の他に、スタンドやランプの類も飾られている。日本人の従業員が、それぞれ男女ひとりずついた。彼らの他には、奥の小さなデスクに、白人の銀髪の女性がすわっているきりだ。店主のトーマスの姿は見あたらない。

家具やスタンドの値段は、どれをとっても、優に、国産の同じような品がふたつは買えるだけのものだった。

静かな店内には、落ちつきと気どりがあった。冷やかしで入るのを、ためらわせる雰囲気に満ちている。

それなりの身なりをした男女の従業員は、僕が店内に入るのを見ても、寄ってくる気配すら示さなかった。買う気のある人間以外は相手にしない、ということなのだろう。

店内の様子を、歩き回りながら頭におさめた。白人の女性がすわるU字型のデスクのかたわらに、ブラインドタイプのドアがある。

どうやらその奥がオフィスのようだ。

二階の残り半分を、毛皮屋とアクセサリーショップが等分している。ビル全体が、大規模な小売店舗の集合体なのだ。

二階でトーマスの動向を監視するのは容易ではないようだ。長時間、同じ人物がうろつけばどうしても目立つことになる。

エスカレーターを使って一階に降りた。宝石店とブティック、カフェテラスが入っている。

カフェテラスの、ガラス張りの壁に面するテーブルに腰をおろした。

客入りは四分というところだ。大半が女性同士の客でケーキやフルーツパフェを肴《さかな》に、お喋《しゃべ》りに余念がない。

隅のテーブルで、初老の男がカバーをかけた雑誌を広げながら、コーヒーを飲んでいた。指輪をはめ、ウインドウペインの、年の割には派手なジャケットを着こみ、パイプをくわえている。

消えてしまったパイプに、彼が擦ったマッチを近づけた。課長がパイプを吸うとは、まったく知らなかった。

課長は、気づいてはいても、僕に一顧だに与えようとしなかった。

僕はアイスコーヒーを頼み、窓の外に目を向けた。

隣接するビルの一階にある花屋のウインドウが見えた。地下の看板『法王』には、まだ明りが点っていない。そのビルの二階に何人かの人影が見えた。貸し事務所になっているようだ。

通りをはさんだ向かい側は、最近新たに建ったばかりのビルだった。一階がカフェバー、二階から上にも、飲食店が入っている。その両隣も、同じようなビルだ。この時間は、それぞれ一階だけが、焼肉屋、喫茶店として営業している。

こちら側の反対隣は、小さな文房具店だった。並びに骨董店と、平屋の建物がつづいている。

このビルの二階を監視するならば、向かいの三軒と、隣の一軒の、ビルを使った方が賢明だろう。

ＣＩＡまたは内閣調査室が、どのビルを使ってトーマスの家具店を監視しているかはわからないが、今ではビルに出入りする人間すべての顔を写真に収めているであろうことは想像に難くなかった。

通りに車を駐めて監視する、という方法はここでは通用しない。簡単に発見されるのがおちだ。

煙草に火をつけ、考えた。

店の性格から推して、家具店がクローズするのは、午後八時より遅いということはないだろう。六本木という街の性格を考えれば、六時か七時、七時という線が濃厚だ。

ミルクを下げにきたウエイトレスにビルの終業時間を訊ねた。八時という答えが返ってきた。すべての店が八時まで開いているということはないだろうが、少なくとも一階のシャッターは八時に降りるわけだ。

コーヒーを飲み干し、立ち上がった。

料金を支払おうと、レジの前に立ったとき、エスカレーターを白人の男女が降りてくる姿が目に入った。女性の方は、家具店のデスクにすわっていた人物だ。

二人は、まっすぐ僕のうしろを通り過ぎて、窓ぎわのテーブルにかけた。三時の休憩というわけか。

僕は小銭をしまい、一万円札を出した。レジ係が釣り銭を勘定する間、彼らを観察した。

男は、五十二、三だろう。糊《のり》のきいた白いシャツに、折り目の通ったグレイのスーツを着けていた。赤い髪をして、目は灰色、独得の鉤鼻《かぎばな》に頬のあたりが赤らんでいる。知性は感じるが、笑いには縁のない顔だ。向かいにすわった女性と英語を交しながら、店の内、ウインドウの外に目を走らせている。

あの男が関谷を拷問し、殺したのだ。そして今、沢辺の運命も握っている。

青山の『グレコ』で露崎らが乗っていたマークⅡのナンバーを、課長が陸運局のコネを通じて割り出していた。長期専門のレンタカーで、借り主は、露崎の本名、神原裕樹となっている。住所は、白金の片岡こずえのマンションが記入されていた。

僕は釣り銭を受けとると店を出ていった。

夕方まで、別の場所で時間を潰《つぶ》し、トーマスの閉店後の行動を監視するつもりだった。

僕が腰をすえたのは、向かいの隣に立つビルの二階にあるケーキショップだった。店名が白く描かれたガラス窓から、家具店のブラインドの奥が見通せた。

その店にも、監視員らしい人間の姿はなかった。おそらく、隣りのビルの事務所を使っているのだろうと、僕は考えていた。喫茶店やケーキショップに大の男が何人も長居をすれば、いやでも目立つことになる。その点、事務所ならば、人間が出入りしても怪しまれることはない。警視庁の外事課でも通じて、事務所の人間を説得すれば、わけのないことだ。

六時半に、家具店のブラインドを女店員がおろした。どうやら、七時までの営業と見た勘は、外れていなかったようだ。

問題のビルの通用口は、花屋との境い目にとりつけられている。

トーマスが出て来るとすれば、そこか、正面玄関からだ。

道路では両方向に向けて、渋滞が始まっていた。もし車でそれを抜けようと考えるなら、六本木交差点よりも、飯倉方面に向かった方が早い筈だ。

トーマスは正面玄関から姿を現わした。彼がタクシーを拾う様子もなく歩き始めるのを見て、僕は立ち上がった。

もしその場でタクシーを拾えば、一階のカフェテラスにいる課長があとを追う手筈になっていた。

徒歩ならば僕だ。

階段を小走りで降りながら、僕はリバーシブルになっているスイングトップを裏返した。昼間はタータンチェックだったそれが、濃紺の生地に変わる。

トーマスは一人で、のんびりと六本木交差点方面に向け、歩いていた。

尾行、あるいは監視を受ける点を覚悟はしているだろうが、何者かに襲撃される可能性は考えていないようだ。

彼の住所は、電話帳には載っていない。姓名の横にある電話番号は店のものだった。

六本木の大通りをはさみながら、僕は彼の尾行をつづけた。トーマスの足どりは、必要以上にゆったりとしたものだった。

ひとつだけ有利な点をあげるとすれば、この街では背広姿の中年男性よりも、僕のような若者の方が目立たないということだ。

もし彼を尾行する、〝一般的な〟ビジネスマンがいれば、それはひどく目立つ姿になったろう。

トーマスは六本木の交差点を防衛庁の方角に渡った。変わらぬ足取りで、防衛庁の前を行き過ぎる。

防衛庁の周辺は、一年三百六十五日、携帯受令器のイヤフォンを耳にさしこんだ刑事たちが、二十四時間体制で、何人も徘徊《はいかい》している。

トーマスは、何人ものそうした刑事とすれちがいながらも、一向に歩調を変えなかった。僕は今度は、同じ側の歩道を歩きながら、頭ひとつ高い、彼の長身を追っていった。

約二百五十メートルほどで、防衛庁の高い塀がとぎれた。

どうやらトーマスは乃木坂《のぎざか》まで歩くようだ。そう思い始めた頃、僕は、自分以外の尾行者の姿に気づいた。

通りの向かいを行く、二人組と一人の男性だ。一人が、トーマスより大分先を行き、二人がほぼ並ぶか、うしろについている。

三人とも日本人で、かなり巧みな尾行だった。トーマスの方角へは、一度たりと目を向ける様子はない。彼らのフォーメーションを考えると、もう一組、道路のこちら側に、徒歩の尾行チームがいる筈だ。

おそらく、車のグループもいるだろう。完璧な尾行体制を期するなら、徒歩三チーム、車二チームは絶対に必要なのだ。

トーマスが尾行に気づいているかどうかは不明だ。もし気づいていたとしても〝ベースJ〟とのコンタクトをとる予定がないならば、知らぬふりをする筈だった。

トーマスは、乃木坂から地下鉄千代田線に乗りこんだ。尾行の三チーム目は、三十代の男女二人組だった。

三組とも、誰ひとりトーマスと同じ車輛《しゃりょう》には乗らなかった。

今では尾行チームも僕の存在に気づいていることは明らかだ。僕は、ときおり彼らが向ける鋭い視線を感じていた。ただ、僕がどういった類の人間なのか、彼らはかなり困惑している様子だった。KGBのエージェントには見えぬ筈だ。

トーマスは二駅目、明治神宮前で地下鉄を降りた。国鉄原宿駅方面と反対の出口を昇ると、六本木より健康的な光が溢《あふ》れる舗道に、その長身を置いた。

そして明治通りと表参道の交差点から二百メートルほどのマンションに姿を消した。

そこは表通りを一本入り、白塗りの高層建築で、オートロック機構を備えた、超高級マンションだった。キイを持つか、中の人間の操作を得なければ、ロビーすらくぐれない仕組になっている。

尾行チームは、トーマスがマンションに入ったあたりで、散開し、存在が僕にはつかめなくなっていた。

彼らの目標が今度は僕にあることは明らかだった。僕の行先を尾行し、確かめるつもりなのだ。ソビエト大使館まで行き、彼らを喜ばせることも考えてはみた。が、結局はタクシーを拾うと六本木に戻った。こういった事態を予想し、僕はブラウンと打ち合わせをしてあった。

連絡を受けた車のグループが僕を追跡していることはまちがいない。

彼らがＣＩＡであるとは思えなかった。トーマスを監視しているところから見ても外事課の刑事か、内閣調査室の人間だろう。

前者の可能性が高いと、僕はにらんでいた。

タクシーを、西麻布の交差点で乗り捨てた僕は、早足で歩き始めた。高速道路沿いに少し昇った場所が目的地だった。

わざわざ振り向いて確かめなくとも、尾行者がついていることは、はっきりわかっていた。

到着したのは、六本木からはかなり外れた位置に建つ、古いビルだった。一階に中国料理店、二階にディスコが入っている。ただし、そのディスコは普通の店ではない。狭くて急な階段を昇ると、分厚い模造皮を張った扉があり、奥からスティービー・ワンダーが聞こえてきた。

扉に看板が出ている。

「当店は、日本人及び白人の男性客の入店をお断わりしております」

同じ文面の英語も掲げられている。

扉を押した。金と白を使ったけばけばしい店内のフロアでは、黒人客ばかりが踊っている。女性客は、大半が二十前後の日本人だった。

「ヘイ、ミスター」

クロークにいた男が僕を振り返らせた。ブラウンはここに来れば、尾行をまくことができるといった。ただし、僕自身が、好ましからざる客と判定されなければの話だが。

優に二十センチは僕よりでかい黒人が僕を見おろし、白い歯を見せた。

ブラウンから聞いた――というセリフを僕は呑《の》みこんだ。あの黒人だった。白人とコンビになって、西新宿で僕を痛めつけた男だ。

黒人は、そんなことは覚えていないかのように、人なつこい笑みを浮かべて首を傾けた。

「カムヒア」

クロークのカーテンを持ち上げる。

僕は彼の肩の下をくぐった。彼がカーテンをおろすと同時に、入口の扉が開く気配がし、黒人の叫ぶ声が聞こえた。

「オウ、ソーリィ。日本人、入れません。ゴメンナサイ」

「何をいってるんだ、ここは営業許可を――」

「アイム、ソーリィ。日本人男性トラブルばかり。ここは黒人オンリィね。あなた生命の保証できません」

カーテンの奥に、もう一枚、小さな扉があり、そこを開くと細い階段があった。下ってゆくと、一階の中国料理店の厨房に出た。

白衣の中国人が僕を見て、巨大な包丁を振り上げる。

その先が裏口のドアを指していた。

「露崎をＣＩＡが、トーマスを日本の外事課が監視している。その理由はなぜだと思います？」

僕は、課長とブラウンを見比べていった。

「わからない。でも何かある筈、本来なら、ＣＩＡ、白人のエージェント、日本では動かさない」

ブラウンが答えた。

『48』のテーブルだった。他の客はすべて帰った後だ。

「ＣＩＡが躍起になるからには、何か理由がある筈だ。たとえば、彼らの利害に直接関わっているような」

課長がいった。昼間のいでたちから、元の地味な服装に戻っている。

「露崎は、アメリカで小さな政府の機関にいたといいましたね。何をしていたんですか」

僕はブラウンを見た。

「人口統計、就職率、失業問題、そういったもの、対象にする調査」

「彼と知りあったのはいつ頃です?」

「七年前。ステーツで、私が危いところを助けられた」

「危いところ?」

「当時、財務省が私をマークしていた。日本の外務省にコンタクトをとり、私の日本国籍、抹消される可能性があった。ツユサキ、私の知り合いの弁護士の紹介で会い、ステーツの大学時代の友人に口をきいてくれた。その友人、財務省にいた」

「それであなたは、日本政府へ連絡をとられずにすんだ？」

ブラウンは頷いた。

「ミスターブラウン、彼がＣＩＡである可能性はあると思うかね」

課長が訊ねた。僕も同じことを考えていたのだった。

「それはない。彼はアシストグループのメンバーだ」

「ＣＩＡが委員会の存在を知らない筈はない。その実態を知るために彼を送りこんだとすれば――」

僕がいった。

ブラウンの顔に、初めて困惑の表情が浮かんだ。僕は課長を見た。

「委員会が、一時、買収や脅迫などで汚染された時期があったといいましたね。それはいつ頃ですか？」

「七年ほど前と聞いた」

ブラウンが溜息を洩らした。

「ツユサキと私が知りあったのもその頃、そしてツユサキは、その年、グループのメンバーになったといった」

課長が背筋をのばした。

「どうやらまちがいないようだ」

「しかしなぜ、ツユサキが？」

「ＣＩＡは、委員会の存在を脅威と考えたのかもしれない。委員たちは、アメリカの経済を左右するようなパワーエリートや大学教授といったインテリで構成されていると、聞いたことがある。同じ国に、民間で運営される優秀な情報機関が存在することは、彼らにとり、決して好ましくはなかったろう」

「それだけでしょうか」

僕はいった。

「委員会のアシストメンバーという隠れミノをつけていれば、今回のようなＫＧＢが関わる一件で、各国の情報機関の協力をそれほど仰がずとも、自由な活動がとれるわけです。しかも現地で、力のあるサテライトを味方につけることができる」

「ツユサキは、私を欺いていたのか」

「委員会を破壊しようという意図はなかったかもしれません。むしろ利用するつもりだったのでしょう」

僕は、『グレコ』の前で見せた、露崎の、監視者を意識した動作を思い出した。そして、ニューオータニでの、僕に与えられた、迅速《じんそく》で効果的な妨害も。

「もしそうだとすれば、ＣＩＡは、〝ベースＪ〟の所在地を知っていることになる」

僕は課長の言葉に頷いた。

「つまり、ツユサキは殺される可能性がないということか」

「それはわからない。CIAの目標は、〝ベースJ〟やKGBがヨーロッパに設置した、技術者たちの中継基地です。それをつきとめるためなら、見殺しにする可能性もありえます」

まして沢辺となれば、全く予想はつかない。露崎自身、今は完全に綱渡りをしている状態なのだ。こずえを失なったことにも、それがよく表われている。CIAが完璧な援護をとっていれば、彼女は殺されずにすんだろう。

「彼を殺してやりたい」

ブラウンが苦い笑みを浮かべた。

「もしそれが本当なら、ツユサキは、このパパブラウンを利用したのだ」

「おりますか?」

僕は彼を見つめた。ブラウンは首を振った。

「本当のこと、知るまでは、私はおりない」

「ではあとは、決行あるのみだな」

課長が低い声でいった。


ブラウンと別れたあと、僕は課長を車に乗せて、広尾にある沢辺のマンションに向かった。

『48』を出てから、課長はずっと沈黙を守っていた。

ブラウンと課長、そして僕がたてた計画は、現実的でしかも単純なものだった。

マンションの駐車場にある、来客用スペースに車を止めると、僕と課長は降り立った。

時刻は午前三時を回り、駐車場内にはまったく人けがなかった。

僕は沢辺のメルセデスに歩みよった。常に持ち歩いていたキイでトランクを開くと、中の荷物をおろした。カバーをめくり、スペアタイヤを露出させる。

ありふれた茶の紙袋がタイヤの中心におしこまれていた。僕はそれをひきぬいた。

「私が持とう」

課長がいった。

「扱いには私の方が慣れている」

僕は彼にそれを手渡した。受けとった課長は袋の中を、無表情に見た。そしてコートのポケットにすべりこませた。

二人は僕の車に戻った。

「行こうか」

課長が短くいい、僕はイグニションを回した。

トーマスの監視を始めてから、僕は一度も四谷のアパートに帰ってはいなかった。学生時代の知りあいが経営する、中目黒のアパートの駐車場つきの空き部屋を借りていた。

「送ります」

僕がいうと、課長は首を振った。

「今日はもう遅い。君の部屋に泊めてもらうよ」

アパートには、ありあわせの寝具をおいてあるきりだった。暖をとる道具もない。

「快適とはいいかねますが、それでよろしければ」

課長は頷いた。

部屋に着くと、水道の水で手と顔を洗い、畳の上にすわった。ガスは切られているのでシャワーを浴びることはできない。

課長はアグラをかき、僕を見つめた。目はあくまでも穏やかだが、疲労の陰が濃くその顔には浮き出ていた。

六十三という年齢を考えれば無理のないことだ。

課長は、僕がコンビニエンスストアで買いこんできた安物の灰皿をひきよせた。

「お互いに疲れているだろうが、十分だけ、いいかね?」

彼は訊ねた。僕は頷いて、自販機で買った缶コーヒーを彼の前に置いた。

「私がなぜ、今回の件に関わったかを話しておきたい」

「僕に関係のある話ですね」

直感のようなものだ。確信があった。

「そうだ。十年前、私が委員会のメンバーをやめる引き金になったのは、私にとって無二の友人ともいえる同僚の死がきっかけだった。君は、私が、委員会とグループには、もはや数多くの知人はいないと告げたとき、任務の途中で死んだ人間がいたといったのを覚えているかね」

「ええ、覚えています」

「君の父親だ」

しばらく課長の顔を見つめていた。いうべき言葉が見つからなかった。

「君の父親の乗った飛行機が撃墜されたのは事故ではなかった。落とした国の政府は、君の父親を帰国させぬために、あのような手段をとったのだ」

「何百人という人間を道連れにして?」

「そうだ」

煙草を吸った。味がなかった。

「私たちがごく親しい友人になったのは、委員会を通じてだった。私と君の父親は、幾度も、今夜のように計画を練り、こうして同じ部屋で眠り、危険をおかした。なのに、私は一度も、君という肉親に会ったことはなかった。なぜなら、委員会の規則に従っていたからだ。家族であっても、委員会やグループの存在を教えてはならないという規則だ。

　君の父親は、大変に優秀な人間だった。真実を追究する才能に恵まれていた。目標を定めたが最後、いかなる偽装にも欺かれず、どんな妨害にも屈することはなかった。そして理想主義者だった。君は父親が好きだった、ちがうかね？」

　僕は頷いた。

「親父の会社に入って、一緒に働きたいと思っていましたよ」

「それがかなわなかったのも、皮肉な話だが彼が優秀すぎた結果だった。もし君の父親が無能な追跡者であったなら、死なずにすんだかもしれない。そして、そのことがあって以来、私は、委員会とそのやり方に不満を持った。あのとき、委員会は、君の父親を死なせずにすむ方法もとれたのだ。だがそうしなかった。それが私を委員会から離脱させる原因となった」

「課長は、親父が正しかったと今でも考えますか」

「考える」

　即座に彼がいった。

「『国際監視委員会』は、決して君の考えるような、右翼的な思想を持った人間の集まりではなかったのだ。むしろ少しでも、世界を住みよい環境にすることを願っていた」

「それならば、親父には悔いはなかったでしょう。ただ、親父一人の命のために犠牲に

「その通りだ。真実を追うことが最大公約数の人々にとっての幸せにつながるとは、決していいきれない。だがそうと知っていても、やめることのできない人間はいるものだ。そんな人間にとって、嘘やまやかしは、我慢のならないものなのだ。君の父親がそうだった。そして、私が上司として知りえた君もまた、父親の血を受け継いでいるよ」

「何とね……」

僕は息を吐き、首を振った。自分の気持をどう表現してよいかわからぬ状態はつづいていた。だが決して混乱していたわけではない。

むしろすべてが理解できたような気分だった。なにもかもがわかってほっとしたような安堵《あんど》感があった。

十年前、どうしても自分にとっての唯一の肉親の死が納得できず、いくつもの国を歩き回ったことへの答が、ようやく得られたのだ。

「それは才能なのだ。親から子に、伝わる……」

課長がいった。僕は頷き、そして不意に、自分が涙を流していることに気づいた。

翌日の朝の九時三十分に、僕と課長は国鉄原宿駅の改札口をくぐっていた。トーマスが、十時十五分になるとマンションを出て六本木の店に向かうことは、既にわかっていた。

　駅前の交差点にかけられた歩道橋をあがっていくと、欄干に手をおきながら白人と黒人の二人組が行きかう車に目をやっていた。

　二人は僕を見つけ、背をのばした。

「グッモーニング」

　黒人がニヤッと笑って白い歯を見せた。彼らは、パパブラウンが今朝の計画のためによこした人間だった。黒人がラリー、白人がウエインという名であることも聞いていた。

　二人は、西新宿で僕を襲ったコンビだった。

　黒人は、平手をパンと合わせ、僕を見やると眉を吊《つ》り上げた。

「アーユー、オーケィ?」

「どういう意味だ?」

　課長が僕に訊ねた。

「彼らが僕のアバラを折ったんです」

「今日は、お前がボス。命令しろ、何でもやる。ババン!」

　黒人は片目をつぶった。

「ガンを持っているのか?」

　課長が訊ねた。白人が真顔で首を振った。

「ノー。ユーハヴ?」

課長は頷いた。

「よし、これを使うことがあるとしたら、それは私だけだ。もし私の身に何かあっても、君たちは使ってはならん。いいな?」

「オーケィ」

「車は?」

僕が訊いた。

「二台、用意した。一台はそこ。もう一台は渋谷《しぶや》」

ラリーがトーマスのマンションの方角を指した。ブラウンに描いてみせた地図に従えば、彼はそのマンションから二十メートルと離れていない方角に車を止めた筈だ。

「どっちが運転する?」

「彼」

ラリーがウエインを指した。ウエインは黙って頷いた。

「計画は頭に入ってるな」

「キッドナッピング。オーケィ」

「よし。じゃあ彼が合図をしたら、行動を起こす」

課長が僕を指した。

「本当にいいんですか」

僕は課長に訊ねた。本来なら、彼の役目を僕が果たす筈だった。しかし課長が、僕にはもうひとつの重要な仕事——沢辺を救い出すこと——が残っていると譲らなかったのだ。

ラリーとウエインのどちらかに、その役目をやらすことはできなかった。彼らは暴力のプロだ。銃を与えれば、誰かを傷つける可能性があった。僕も課長も、それを望んではいなかった。

「かまわんさ。うまくいけば、誰も傷つかずにすむのだからな」

課長は答えた。だが彼は、かつての同僚である警察官に、銃を向けることになるのだ。

「ヘイ、レッツゴー」

ラリーがボンバージャケットのポケットに両手を入れて首を傾けた。ウエインもいらだたしげにこちらを見やっている。

「よし、行こう」

歩道橋を降りた。

ジェラルド・トーマスに、二十四時間体制の、刑事による監視がついていることは明らかになっていた。その刑事たちの顔ぶれを、僕はこの数日間で把握していた。無論のこと、僕の方も身許が割れるのは覚悟の上だ。

僕は、そのたびに彼らの追及をかわし、尾行を撒《ま》いてきた。尾行に慣れた僕にとっては、それはさほど難しいことではなかったのだ。

僕の所在がわからぬ限り、彼らもうかつに手を出すわけにはいかない。僕は今のところ法を犯しているわけではないし、トーマスの近くで騒ぎをおこすことに、刑事たちもためらいを感じている筈だ。

トーマスがマンションを出るという二十分前に、僕らはその付近に到着していた。ラリーが止めた車は、黒のスカイラインで、マンションの出入口からほんの目と鼻の先におかれている。

ラリーとウエインをその場に残し、僕と課長は周囲を歩き回った。

そして、マンションの正面に戻ってきたときには、三名の刑事の顔を確認していた。僕は、彼らの位置をすべて課長に教えた。

二人組が通りの反対側に止めたステップバンの中に、一人が、二軒おいたマンションの入口付近に張り込んでいる。

課長は一度として、彼らの顔は見なかった。マンションの入口に立っていたのは、四十代の、鋭い顔つきをした男だった。

やがて、カップルの刑事がもう一台の車で到着し、車を降りずに待機した。監視にこれだけの人員を割く以上、相当強い圧力がＣＩＡから加わっているとみてよいだろう。

課長が腕時計をのぞいた。十時十分だった。僕は課長に頷き、彼から離れた。刑事たちも我々の姿を視認している筈だった。ただし、ラリーとウエインは別だ。彼らとは、刑事たちの視界に入る前に別れている。

僕は歩きながら、ゆっくりと深呼吸した。

大博奕《ばくち》だった。失敗すれば、沢辺を救い出すどころか、僕自身の仕事、生活、すべてが終わりになる。

十時十三分、マンション入口の扉が開き、トーマスが現われた。この数日間と同じく、きちんとプレスされた渋いスーツを着こんでいる。

僕は彼に向かって歩き出した。視界の隅で課長が小走りに駆け出すのが見えた。

「ミスター・トーマス」

僕はいった。それが合図だった。

ラリーとウエインがスカイラインから飛び出した。

ラリーの拳が、トーマスの腹につき刺さった。同時に、その後頭部をウエインの手刀が襲う。

トーマスは、僕の方角に首をねじりかけたまま、声もなく倒れた。

刑事たちが車を飛び降りるのが見えた。ラリーとウエインが両脇からトーマスの体を抱えあげた。刑事たちが駆け出す。

「動くなっ」

課長の叫び声が聞こえた。撃鉄を起こしたオートマチックを、並びのマンションの入口で張り込んでいた刑事の頭に押し当てている。

刑事たちが凍りついたように動きを止めた。僕、課長、そして二人の外人の手でスカイラインに運びこまれるトーマスを見比べている。

「SW《無線機》に手を出すなっ。銃もだっ」

課長が警告した。

スカイラインにトーマスが運びこまれると、僕は後部席に乗りこみ、窓をおろした。

女性を含む四人の刑事が、課長と、課長に銃をつきつけられた同僚に肉迫していた。

「馬鹿な真似はやめろ」

リーダー格の刑事が叫んだ。

「それはそちらの方だ。君に警告しておく、あの車を追跡させる行為は一切やめさせるんだ。もし、他に追跡する車があれば、即座にひき金をひくぞ」

「そんな脅しにのるか」

「脅しではない」

課長は落ちついていった。

「これは本物のコルトM１９１１A１だ。私もかつて君たちと同じく警察に奉職していた身だ。無用の血を流さぬために協力してくれたまえ」

刑事たちが愕然《がくぜん》とする表情を見届け、僕はウエインに合図した。スカイラインは発進した。

表参道に出ると246に向けて直進する。

課長は、我々が車を乗りかえるまでの時間を稼いだのち、投降する筈だった。

スカイラインは、246までを猛速で突っ走った。そして右折するとすぐ、裏道に入る。ウエインはあたりの道を知りつくしているようだった。

僕は後部席に寝かされたトーマスを見やった。浅い呼吸だが、死んではいない。

「ヘイ」

ラリーがボンバージャケットから手錠をとり出した。僕はトーマスをうつぶせにし、後ろ手に手錠をかけた。

それから数分とおかず、スカイラインは急停車した。ラリーとウエインが車を降り、あたりを確認してから、後部席のドアを開ける。

トーマスの体をひきずり出した。ツートンのステーションワゴンが、止められていた。

荷台には細長いダンボールが積まれている。トーマスの体をそのダンボールに押しこめるようにしてのせると、キャンバスの被いをかけた。

ステーションワゴンのリッドを閉めたラリーがキイを僕に手渡した。拳を平手に打ちつけ、笑みを浮かべた。

「オーケィ、グッドラック」

彼らと別れ、ワゴンの運転席に乗りこんだ。十時二十六分だった。

僕は、初めてブラウンと会った、代官山のマンションに向けて、車を走らせた。

十時三十分に課長が投降したとしても、非常配備には数分の余裕がある。しかも、車は既にとり替えてあるので、スピード違反でも犯さぬ限り、つかまる気づかいはなかった。

あとは時間との戦いだ。トーマスの誘拐を知ったCIAが何らかの行動をおこさぬうちに、露崎、沢辺の居所と、〝ベースJ〟の拠点を吐かせなければならない。

十一時八分に、代官山のマンションに到着したときは、途中、軽い渋滞にひっかかったこともあって、疲労困憊《こんぱい》した気分だった。全身が汗に濡れ、緊張で喉がカラカラになっていた。

マンションの前では、沢辺のメルセデスを運転してきた日本人の運転手と、ブラウンの部屋のガードをしていた黒人の若者が立って待ちうけていた。

ステーションワゴンを停止させるや否や、若者が荷台のリッドを開いた。小柄なのだが、恐ろしいほどの膂力《りょりょく》でトーマスの入ったダンボールをかつぎ上げる。

日本人の運転手が、僕に向かってにこやかに微笑むと、運転席を入れかわった。

「ミスターブラウンが上でお待ちです」

僕はトーマスをかついだ若者のあとに従って自動ドアをくぐった。もう一枚の奥の扉も、若者がインターホンを押すと、誰何《すいか》されることなく開いた。

僕はエレベーターに乗りこみ、振り返った。ステーションワゴンは影も形もなかった。

11

ブラウンの部屋に到着してから一時間が経過していた。

トーマスを運びこんだ若者の黒人は、ブラウンの指示で、もう一人の巨漢と一緒になってトーマスの衣服を一枚残らずひきはがし、挙句には口を開けさせて、歯の中までをのぞきこんだ。自殺用のカプセルを探させたのだと、ブラウンは僕に語った。

素裸になったトーマスがブラウンと共に別室に消えると、僕はトーマスが残した衣類を糸クズ一本見逃さぬよう調査した。

無駄な努力だった。上衣のボタンのひとつから薬品の入ったカプセルを見つけ出した他は、トーマスは財布にも手帳にも〃ベースJ〃の手がかりとなるものは身につけていなかった。

トーマスの偽装は完璧だった。手帳にすらロシア語は一切、書きつけていない。偽名の「トーマス」を押し通すために、すべて几帳面な英語の活字体のメモばかりが並んでいる。

一時間たつと、待ちきれなくなった僕は、トーマスが連れこまれた部屋の扉をノックした。そこは、僕がブラウンと会った部屋の向かいだった。

黒人の若者がドアを細めに開いた。

中から何の物音もしなかった。

「ブラウンと話したい」

僕はいった。

「ウエイト」

若者は短くいってドアを閉めた。僕は元の部屋に戻り、バーカウンターから勝手にウォッカの壜《びん》を抜いた。

グラスにワンショットだけ注ぎ、それをひと息で飲んだ。熱の塊りが喉を下っていくと、体のこわばりがそれにつれて、ゆっくり溶けていくのがわかった。

ソファに腰をおろし、煙草に火をつけた。

とにかく今は待つ他ない。僕と課長は自分の役目を果した。今は、ブラウンの成果を待つのみだ。

それ如何《いかん》では課長が打った一世一代の大芝居も、すべて無に帰する。

さらに一時間がこうして過ぎた。何よりも長く、耐え難い時間だった。

この時間には、沢辺の命と課長の名誉が懸かっている。そして殺された三人の生命の代価も。

二時間半――一時四十分になると、ブラウンが姿を現わした。彼は大汗をかき、トレードマークのサスペンダーも力なく両わきに垂れ下がっている。

ブラウンはドアを開けて入ってくると、物もいわずにバーカウンターに歩みより、ウイスキーをストレートで飲んだ。彼と知り合ってから、アルコールを口にするのを見るのはそれが初めてだった。

「どうです?」

僕は訊ねた。ブラウンは首を振った。

「駄目だ。彼は普通の人間ではない。どんな痛みにも耐えたし、家族を殺すという脅しでも口を開かせることはできない。だからといって、タフ、というわけではない。見ればわかるだろうが、今のままでは無理」

足元が崩れるような敗北感を味わった。

「彼に会わせて下さい」

ブラウンは肩をすくめた。小山のような肩がもり上がり、目が光った。

「ショックに耐える覚悟、しろ」

彼について、向かいの部屋に入った。

そこは、すべての家具をとり払われ、コンクリートがむき出しになった、うつろな部屋だった。

壁ぎわに、両手をロープで吊るし上げられたトーマスが立っていた。ロープは、壁に打ちこまれた楔《くさび》を通っている。

その全裸のほとんどをこびりついた血がおおっていた。顔は無残なほど腫《は》れあがり、足元の血溜りの中に、いくつか白いものが散らばっていて、近づいていくとそれが折れた歯であるとわかった。むごたらしい姿だったが、僕は、彼が関谷を拷問にかけたという、梶本の言葉を思い出した。

半失神状態のような様相で、トーマスはうつむいていた。

「殺してはいないでしょうね」

僕は低い声でいった。

「大丈夫だ。このサミーは元衛生兵だ。限度を知っている」

ブラウンは、傍らに立った巨漢を示していった。彼も額から汗を流し、むっつりと不機嫌そうにトーマスを見守っている。

小柄な若者の方は、無言でナイフを弄《もてあそ》んでいた。

「トーマス」

僕は近よっていった。

トーマスは返事をしなかった。サミーと呼ばれた黒人が腕を振った。トーマスの顎《あご》が音をたて、薄く閉じていた目が開いた。

「聞こえるか?」

「聞こえる、とも。君は、誰だ。ここはどこだ。なぜ、私を……」

「聞け、トーマス。僕は、CIAでもなければ内閣調査室でもない。君や、君のモスクワのお仲間のことはどうでもいいんだ。知りたいのは〝ベースJ〟と〝ベースJ〟に捕われている友人のことだ。わかるか?」

「〝ベースJ〟?」

トーマスは薄い笑みを浮かべた。唇が腫れ上がっており、発音が容易ではないようだった。

「何だ、それは。私は知らない。私はアメリカ国籍の在日——」

「とぼけるのはよせ。じゃあ、これは何だ?」

僕は彼の上衣のボタンから取り出したカプセルを見た。

「知らない。それより、早く私を解放しないと、大変な国際問題になるぞ」

「そんなことは知っちゃいない。いったろう。我々は情報機関ではないんだ」

「じゃあ何が目的なんだ、金か?」

トーマスの目に生気が戻ってきた。

「ちがう。友人の命だといった筈だ。彼を助け出せるなら、あんたを解放してもいい。もし望むなら、ソビエト大使館に放りこんでやる」

「信用、できるものか」

「情報がとれないのなら、あんたを殺すことだってできるんだ。死にたいのか」

イチかバチかの勝負だった。だが、トーマスの口元に浮かんだ笑みは消えなかった。

「私を、殺せば、君の友人、も死ぬ」

「放っておいても彼は殺される。ちがうか?」

「彼は、私の何倍、何十倍と苦しむ。それで、私は満足だ」

冷酷な笑みだった。僕は力いっぱい彼を殴った。体の自由を奪われている人間に対してするべきことではなかったかもしれないが、おさえられなかった。

「殴るがいい」

血を吐き出してトーマスはいった。

「君の友人も、私よりもっと、酷《ひど》い目にあっている。私が、彼の指を折った。両手、両脚、すべて……」

僕は息を呑《の》んだ。

「なぜだ、なんのためだ?」

「ツユサキの正体を、あの若者は知っている、そうにらんだ。タフな若者だ。呻《うめ》き声、ひとつ上げなかった。次は耳を削り落としてやる」

「貴様」

殴った。殴って殴って、殴りぬいた。そしてわかった。この男は正常ではない。わざと僕を挑発し、傷つけさせようとしている。

拷問にのめりこんでいるのだ。相手を傷つけ、自分も傷つけられることによって快感を覚えている。

「サクマ！」

ブラウンが僕の腕をひきとめた。

「無駄、だ。見ろ」

僕は見た。痙攣《けいれん》するトーマスの肉体にあって、一箇所だけが異様な反応を示していた。

目をそむけた。

どんなに痛めつけられても、彼が口を割らぬ理由がわかった。

僕は腕をおろした。ブラウンが不快そうにトーマスを見つめ、首を振った。

「薬品でも使わぬ限り、無理。だが、それを手に入れる時間ない」

僕は唇を嚙《か》んだ。

トーマスが誘拐されたと〝ベースＪ〟の連中が知れば、沢辺や露崎の身柄を、時を移さず、別の場所へ運ぶにちがいない。ブラウンはそれをいっているのだ。

「どうするのだ？」

ブラウンが訊ねた。

考えていた。どうすればいいか。

トーマスに起こった事態を知れば、〝ベースJ〟は当然、弦木に対するアプローチもとりやめるにちがいない。弦木が〝ベースJ〟の拠点を知るための手がかりを持っているとは考えられない。

普通のヘッドハンターとはちがい、それは一方通行の筈だ。

〝ベースJ〟の拠点を知っている者が他にいるだろうか——。

気づいた。

そしてそれが本当の、最後の賭けだった。

「電話をかけさせて下さい」

僕はいった。

「隣の、君が待っていた部屋にある」

ブラウンの言葉を聞くと、それ以上説明することなく、元の部屋に戻った。

四年前に教えられて以来、二年前に一度だけ使った、梶本の番号を回した。

「はい」

呼び出しが二度鳴り、男の声が短く応えた。逆探知のことは考えなかった。攪乱《かくらん》に時間を潰《つぶ》す余裕はない。

「佐久間といいます。佐久間公。梶本さんを――」

「そちらの番号をどうぞ」

男の声には何の表情もなかった。僕は受話器を握り直した。ダイヤルに書かれた番号をいった。

「切ってお待ち下さい」

十秒か二十秒だろう。電話が鳴った。ひったくるように受話器を取った。

「梶本です。ずいぶん思いきったことをやりましたね」

低い声が流れてきた。

「ここがどこであるか、あなたにはもうわかっている筈だ」

僕はいった。

「いや、まだ……。ちょっと待って下さい」

梶本の声が受話器を離れた。

「ええ、今わかりました。所有者は女性になっていますが……」

「本当の持主は、〝パパブラウン〟です」

「ほう」

梶本の口から低い驚きの声が洩《も》れた。彼が〝パパブラウン〟の名を知らぬ筈がなかった。

「いつからギャングと手を組んだのです?」

「パパブラウンは『国際監視委員会』の外郭メンバーなのです」

「それは知りませんでした」

「そしてここには、ジェラルド・トーマスもいます」

「わかっています。今、あなたの上司を私のもとにお連れするよう命じたところです」

「トーマスを殺す、とCIAに伝えて下さい」

一瞬、間があった。

「取り引きは?」

「露崎と沢辺を救い出すこと。失敗すればトーマスは死に、CIAの欲しい情報は消えます」

「CIAは〝ベースJ〟の所在をつかんでいると思うのですね」

「露崎は、CIAの人間だ。ちがいますか?」

梶本は否定も肯定もしなかった。

「しかし、もし、CIAが〝ベースJ〟の所在を知った上で泳がせているのなら、トーマスが死んでも、CIAにそれほどの損害はありませんよ」

彼は落ちついていった。

「それはちがう。あなた方、内閣調査室が〝ベースJ〟の存在を知ったのは、CIAの示唆によるものだった。あなたはあのとき、誰に知らされたかをいわなかった。僕は、これが正しい答だと信じている」

「それで?」

「露崎がCIAを通じて、あなた方に知らせてよこしたのだ。しかも、あなたやCIAの望みは〝ベースJ〟だけではなかった。〝ベースJ〟がヨーロッパに持っているという、中継基地を加えたものだけでもない。僕にはわからないが、CIAの狙いは、他にあるもっと大きなものだ。そして、トーマスが死ねば、それは手に入らなくなる。〝ベースJ〟の人間たちを逮捕し、訊問《じんもん》したところで、手には入らない知識を、トーマスが握っているからだ」

「なるほど」

「その上、トーマスが日本にいる限り、あなた方もCIAも、トーマスを捕まえることはできない。なぜなら、日本では外国のスパイを罰する法律がないからだ。トーマスから情報を取るためには、トーマスが偽装の身分を使って、〝ベースJ〟と共にどこか別の国、ヨーロッパでもアメリカでもいい、そこへ飛ぶのを待つ他なかった。CIAが露崎の危機を知りながらも、あえて救援の手をさしのべなかったのは、それが理由だ。ちがいますか?」

　梶本は無言だった。

「トーマスは今、我々の手中にあります。そして彼は、非合法な手段で誘拐された。CIAでも内閣調査室でもない、ただのギャングにね。彼にもそれはわかっている。そして、その後、彼が再び非合法な手段で外国——たとえばアメリカに現われれば、CIAは簡単に彼を逮捕し、訊問することができる。一切、自分の手を汚さずにね」

「誰がそれをやるんです?」

「『国際監視委員会』です。委員会がトーマスの身柄を移す。つまり、獲物を、あらかじめ作っておいた罠《わな》の前に放つんです。他の道を塞《ふさ》いでね」

「佐久間さんは委員会と連絡がとれますか?」

「いいえ、僕はとれません。とることができるのは一人だけ、あなたのもとに今向かっている、僕の上司です」

「つまり、取り引きの条件の中には、彼の釈放も含まれている、というのですね」

「そうです」

　梶本は嘆息した。

「では、取り引きの要点をくり返します。

　我々がCIAに連絡をとり、〝ベースJ〟の拠点から、露崎、沢辺の両氏を救い出させること。

その代価として、そちらは委員会の手を使って、ジェラルド・トーマスをCIAの望む場所へ、非合法な形で移す。付帯条件があなたの上司の釈放」

「もうひとつあります」

僕はいった。

「露崎を救出に向かう現場に僕も同行することです。なぜなら、CIAにとって沢辺が死んでしまえば、露崎ひとりを〝ベースJ〟に残しておく理由ができますからね。なぜなら本当なら露崎は、あえて救い出さなくとも良い状態にあるからです。沢辺が死ねば、CIAは〝ベースJ〟をそのまま残して、課長の釈放だけを取り引きの材料に使うかもしれない」

「あなたは相当、疑い深い人だ」

「自分の目で、彼の安全を確かめたいだけです」

「わかりました」

梶本はいった。

「CIAに連絡を取ります。そこで待っていて下さい」

「ここを襲って、トーマスを奪還しようとは考えないで下さい。ここにはブラウンを含めて、プロが何人もいます。トーマスの頭に一発の弾丸を撃ちこむのは、わけのないことだ」

「確かに。取り引きが終わるまでは、それはしないと約束します」

梶本は別れの言葉を告げ、電話を切った。

僕は受話器をおろし、見守っていたブラウンを振り向いた。

「ラストチャンスだ」

ブラウンが呟いた。

「その通り」

ブラウンがカウンターからグラスを取ると、ジンを注いだ。氷も何も入っていないストレートだった。

「乾杯しよう、サクマ。私は、君を、尊敬する。すばらしい意志の強さだ」

グラスを受けとった。

「あなたは僕の父に会ったことがありますか?」

僕は訊ねた。課長が父のことをブラウンに告げているのは明らかだ。

ブラウンは首を振った。

「ノウ。だが話は聞いた。真実の追跡者だったと、君のボスはいった。そして、君も、だ」

「ありがとう。だがまだ決着はついていない」

「サワベは、君を友人に持たなければ、このような、追跡すらしてもらえなかった。日本でも、ある日突然、消える人間が多い。ステーツは、もっと多い。君のようなプロフェッショナルが増えれば、ギャングスターには、住みにくい世界になる」

僕は微笑した。

「とにかく、乾杯だ」

僕とブラウンはグラスを合わせた。そして、その瞬間を待っていたように電話が鳴った。ベルを聞きながら、ジンを飲み干した。

「イエス」

ブラウンが受話器をとり、応えたのち、さし出した。

空になったグラスを握りしめたまま、受話器を耳にあてた。

梶本だった。

「契約は成立です。三十分後に、私と、あなたの上司がそちらへ向かいます」

課長は、どこにも怪我《けが》ひとつ負っている様子はなかった。インターホンに応えて僕が降りていくと、有明で会った男が、メルセデスのドアを開いた。

後部席に梶本と課長が乗っていた。僕が乗りこむとすぐ、メルセデスは発進した。

「逆転ホームランをかっとばしたようだな」

課長がいった。

「まだです。打球はスタンドに向かって一直線ですが、それがポールのどちら側を巻くかはわかりませんよ」

課長はニヤリと笑って、梶本を見た。

「彼はうちの野球チームの四番バッターなのだ」

「トレードする意志はありますか」

梶本が真顔でいった。トーマスを誘拐されても、怒っている様子はまったくといってよいほどなかった。

「本人が望むなら」

「逆転ホームランを打てたのかどうか、確かめてからにしましょう」

メルセデスは、東京を横ぎり、練馬《ねりま》の方角へ向かおうとしていた。

「どこに行くんです?」

「関越自動車道で、埼玉へ向かいます」

梶本が答えた。メルセデスは環状八号線の渋滞にぶつかった。

「サイレンを鳴らせ」

梶本が命じた。助手席にすわる男がダッシュボードからランプを出し、窓を開けて天井にのせた。

変貌《へんぼう》したメルセデスのパトカーに、慌てた車が道を譲った。

「〝ベースJ〟の拠点は埼玉だったのですか？」

梶本は首を振った。

「都内の何カ所かのレジデンシャルホテルやマンションを事務所として使っていたんです。埼玉にあるのは病院です。私たちはその精神病院の院長を〝ベースJ〟のヘッドクオーターだと考えています。監禁したい人間がいるとき、精神病棟ほど、安全な場所はありませんからね」

メルセデスは左右に開いた道を突っ走っていた。

「都内の拠点は？」

「私からの指示を受け次第、捜査員が踏みこみます。証拠はある程度、揃《そろ》っていますから、トーマスが口を割れば簡単でしょう」

「課長は、取り引きの内容を――」

「聞いた。彼のオフィスの近くからメンバーに連絡をとらせてもらった。委員会は最終的に同意したよ」

「露崎がＣＩＡであっても？」

「それはかわらないそうだ。ただし、露崎に代わる補充要員を捜すことにはなるのだろうが……」

「課長が復帰するのですか？」

「私はもう年齢的に無理だ」

梶本が二人を見比べていった。

「ふたつ目のトレードの話ですよ」

僕は黙っていた。父親の話を聞いていなければ一蹴《いっしゅう》したろう。だが今は、わからなかった。

父親と同じ仕事をする——それがまちがった生き方だとはいえなかった。

「考えさせてもらいます」

僕は低い声で答えた。二人は何もいわなかった。

メルセデスは関越に入るとスピードを上げた。メーターの針が一気に二百四十を指した。

「不思議だ」

梶本がいった。

「四年前、そして二年前も、私はこうして佐久間さんと車で走った。四年前は、とらわれた一人の若者を助け出すためだった。二年前も、ある意味で、一人の若者の人生を救うのが目的だった」

「あのときは救えなかった。彼は自殺してしまった」

目的を信じ、ただひたすら目的だけのために自分の体を鍛えた若者〝ランナー〟。彼は死んだ。その年の夏、僕は折れた腕のおかげで、初めて夏の暑さを呪《のろ》った。

「ですが、今回も同じだ。私たちはこうして走っている。一度は長野、二度目は箱根だった。こうしていると、センチメンタルなようですが、少しも時間がたっているような気がしない」

「センチメンタル。あなたがそんな言葉を使うとは思いませんでしたよ」

梶本は微笑んだ。

「そう、私も思いませんでした」

「いや……待って下さい。ひょっとしたら、梶本さんは、本当にセンチメンタルな人間かもしれない」

メルセデスがインターチェンジを降りると、僕はいった。

料金所を出たところに、白のスカイラークが止まっていた。前のシートに白人が二人すわっている。

メルセデスの運転手が、サイレンを止め、ライトをパッシングさせた。スカイラークの白人が頷いて、車を発進させた。そのまま先導する。

二台の車は、国道に入った。

「なぜです?」

一瞬よぎった緊張をほぐすかのように、梶本が訊ねた。

「あなたは部下の命を、たとえそれが無駄ではなくても、失いたくなかった。だからこそリークしたのだ」

課長が、はっとしたように僕を見た。僕はようやくすべてが見通せたような気がした。

梶本は穏やかに訊ねた。

「どういう意味です？」

「露崎ですよ。僕は最初、あなたが〝ベースJ〟とトーマスの名を僕に告げたとき、その理由をCIAに我が物顔されることへの鼻明しだと考えた。けれど、そんなに単純ではなかった、ということです」

梶本の笑顔は消えなかった。僕はつづけた。

「CIAも日本人のエージェントは使うでしょう。協力という形で、日本の情報機関の人間が出向くこともあるかもしれない。だが露崎はちがった」

二台の車は国道をそれ、両側を田畑に囲まれた一本道を走っていた。建物の数が減り、小さな山が幾つも、視界を遮った。

「露崎は、CIAが委員会に送りこんだだけの人間ではない、ということです。内閣調査室がCIAに送りこみ、それからCIAが委員会に送りこんだ。三組すべてが、同じ資本主義陣営側だからといって、そんなことはありえない、とはいわせませんよ」

「なるほど」

「しかしあなたは、危地にある露崎を、自らの手で救い出すよう仕向けられなかった。たとえそれが日本だとはいえ、それをすれば、露崎がＣＩＡに送りこんだダブルエージェントだとわかってしまうからだ。そこで僕に行動を起こすようにしむけた。もし爆弾が爆発すれば、そのときは爆心地の機関として、公然と露崎を救い出すことができる。沢辺を〝ベースＪ〟が捕えたと知ったときから、あなたは、その計算をしていたんだ。露崎が殺されるのを防ぐためにね」

梶本の答は聞けなかった。

僕の言葉が終わるのを待っていたかのように、運転手が叫んだのだ。

「到着しました」

目の前に、周囲を田畑で囲まれ、高い塀をめぐらせた白い建物があった。

「北藤《ほくとう》精神病院」

という看板が立っている。

スカイラークが進入路になる道の途中で止まった。メルセデスの運転席にとりつけられた無線器が鳴った。

助手席の男がマイクを取った。

英語のやりとりが行われた。

「彼らはこのまま突っこむべきだと主張していますが――」

男が梶本を振り返った。

「いかん」

梶本がマイクを受け取り、話しかけた。

ある程度の手順を踏むことを要求しているようだった。

交信がしばらくつづき、スカイラーク側が折れた。

メルセデスが前進してスカイラークを追い抜く。

僕はその席にすわる二人を見た。ニューオータニで僕をKOしたコンビだった。

頑丈な鉄の門扉は開かれていた。そこをくぐると、両わきに植え込みがならぶ、長い私道がつづいた。

病院の正面は、欅《けやき》を中心にすえたロータリーになっている。メルセデスとスカイラークが止まり、僕を含めた全員が降りたった。

「これだけでやるのかね？」

課長が少し驚いたように訊ねた。メルセデスの五人とスカイラークの二人、あわせて七人だ。

「そうです。あまり大きな騒ぎは起こしたくないので」

梶本は微笑んだ。

スカイラークの二人が歩みよってきた。二人ともスーツではなく、ジャケットとスラックスというでたちだった。

「紹介しましょう。パウエルにロートンです」

パウエルと呼ばれた方は、メタルフレームの眼鏡をかけ、重さがありそうな皮のケースを携えている。ロートンが僕を見つめて、流暢《りゅうちょう》な日本語でいった。

「なるほど。君か、我々に取引を申しこんだのは?」

「あなた方にマッサージをうけたおかげで、血の巡りがよくなりましてね」

ロートンは苦笑した。

「もっと強くマッサージをしておけばよかったな」

「行こう」

梶本が割って入った。

七人はぞろぞろと、病院の人かげのないロビーをよこぎり、一階受付へ進んだ。

「院長にお会いしたい」

「そちら様は?」

中年の頑丈な体つきをした看護婦が訊ねた。梶本は、何食わぬ顔で警察手帳を見せた。

「埼玉県警の梶本です」

看護婦が電話にのばした手を、彼は素早く押さえた。

「直接、お会いします」

「ただいま、来客中です」

「御協力を」

冷たい声で諭すようにいった。

「あの……わかりました。五階の奥が院長室です」

看護婦は、ロートンとパウエルに目を向けながら、おびえたようにいった。

「ありがとう。それともうひとつ。一般の医師や看護婦が立入禁止になっている病室、病棟はありますか？　院長命令で」

「C病棟です。エレベーターで四階まで行くと渡り廊下があります」

「どうも。どうか連絡はなさらぬよう。公務執行妨害という罪もあります」

看護婦は目を瞠《みひら》いた。

エレベーターに乗りこんだ。車椅子に乗った老人と若い看護婦が一緒だった。老人は看護婦の腕を握り、低い声で「夕焼け小焼け」を歌っていた。

三階で二人が降り、箱の中が我々だけになると、パウエルが皮のケースを開いた。短銃身のサブマシンガンが現われた。

梶本がそれにちらりと目をやった。

五階でエレベーターの扉が開いた。

「では下がっていて下さい」

梶本がいった。五階には、病室がないようだった。梶本を含む全員が拳銃を抜いた。

パウエルはサブマシンガンを構えている。

「パウエルと私だ。あとは援護」

梶本が短くいって歩き出した。

ロートンと運転手の男が、院長室の扉の両側についた。

梶本とパウエルが扉を押し破った。

「そのままっ」

梶本の叫びが聞こえ、次の瞬間、サブマシンガンが乾いた銃声をたてた。ガラスが割れ、何かが倒れる音がした。

事務室と書かれたドアが開き、白衣の医師や看護士、背広姿の職員が飛び出した。

「どうぞ、そのままで。警察です」

メルセデスの助手席にすわっていた男が両手を広げ、制止する。

ロートンと運転手は、院長室の中に消えていた。僕は課長に目配せして歩き始めた。

院長室のドアを押した。

二人の男が壁に向かって立たされていた。頭の上で手を組んでいる。

床には男が一人倒れていた。ロートンがかがんで脈をとっていたが、穴だらけになった胸を見れば生きていないことはすぐにわかった。『グレコ』で見たアバタの男だ。手元にオートマチックが落ちていた。

パウエルが、立っている二人に手錠をかけた。二人とも見たことのない顔で、ひと言も口をきかなかった。

片方がこの病院の院長のようだった。小太りで色が白く、スリーピースの胸に老眼鏡と何色ものペンをさしている。

「露崎と沢辺はどこだ?」

梶本が訊ねた。

二人は互いに目配せした。もう片方の男は、五十四、五の、いかにも会社の重役といったなりをしている。

「弁護士に連絡をしたい」

その男がいった。

「二人はどこにいる?」

瞬きひとつせず、梶本はくり返した。

「弁護士を呼んでもらいたい」

僕が、死んだ男のかたわらからオートマチックをすくいあげた。男の両目の間に押しあてた。

「ヘイ！」

パウエルが驚いたように叫んだ。

「沢辺はどこにいる。いわなければ撃つ」

男の目が丸くなった。顔色が変わり、唇がふるえた。

「シ、C病棟、二十九号室」

「一人でいるのか？」

梶本が鋭く訊ねた。

「そ、そうだ」

「露崎は？」

「隣だ。二十八」

銃をおろした。

院長室を出て、エレベーターにまっすぐ向かった。箱の中に乗りこむと、梶本と課長があとを追ってきた。

エレベーターの中で梶本が右手をさし出した。僕はまだ拳銃を手にしていたのだ。

それを渡すと、梶本が訊ねた。

「本当に撃つつもりでしたか？」

彼を見ていった。

「ええ。本当に撃つつもりでした」

渡り廊下を歩き、C病棟と書かれた廊下に入った。病室番号だけを掲げた分厚い扉が並んでいる。

すえたような、妙な匂いがした。

二十九号は、廊下のつきあたりにあった。

扉は、外から鍵をかける仕組になっていて、蓋《ふた》つきの小窓に「面会謝絶」の札が下がっている。

錠を解き、ドアを引いた。

淡いクリーム色で塗られた部屋だった。ベッドと、洗面台、簡易便器がおかれている。ドアにも壁にも厚い詰め物が施されていた。

沢辺がベッドに横たわり、壁の方を向いていた。両手の肘《ひじ》から先と、膝から下が包帯に被《おお》われ、妙な看護服を着せられている。

ドアが開いても、彼は振り返ろうとしなかった。

「やあ、まだ、寝足りないかい？」

僕は戸口に立ち、いった。

沢辺はさっと振り向きかけ、苦痛に顔をしかめた。それから、喜びの色がその腫《は》れあがった顔いっぱいに浮かんだ。それを見て、僕はトーマスの耳や鼻を削ぎおとしてやらなかったことを悔やんだ。

「よお」

沢辺はしわがれた声でいった。顔がゆがんだ。笑いを浮かべようとしたのだ。

「遅、かったじゃ、ねえ、か」

生ツバを喉《のど》に送りこんで彼はいった。

僕は一歩退って、大きくドアを開いた。

「もし、よかったらここを出ていかないか?」

沢辺は首を振った。一瞬だが、彼の目に何かが浮かび上がるのを見た。ぎゅっと目を閉じ、彼はしばらくそうしていた。

やがて、顔を上げ、痛みをこらえ、素晴らしい笑みを浮かべて僕を見た。

「いいな。実にいい考えだよ……」

僕は腕をさし出した。

底本

『追跡者の血統』（角川文庫／一九九六年）

新装版刊行にあたり加筆・修正をしております。また、本作品はフィクションであり、登場する人物、団体などはすべて架空のものです。

双葉文庫

お-02-20

追跡者《ついせきしゃ》の血統《けつとう》〈新装版〉

失踪人調査人《しっそうにんちょうさにん》・佐久間公《さくまこう》❹

2024年10月12日　第1刷発行

【著者】
大沢在昌《おおさわありまさ》

【発行者】
箕浦克史
【発行所】
株式会社双葉社
〒162-8540 東京都新宿区東五軒町3番28号
［電話］03-5261-4818（営業部）　03-5261-4831（編集部）
www.futabasha.co.jp（双葉社の書籍・コミックが買えます）
【印刷所】
大日本印刷株式会社
【製本所】
大日本印刷株式会社
【カバー印刷】
株式会社久栄社
【DTP】
株式会社ビーワークス

【フォーマット・デザイン】
日下潤一

ISBN978-4-575-52802-2 C0193
Printed in Japan